ハヤカワ文庫 SF
〈SF2366〉

宇宙英雄ローダン・シリーズ〈665〉

ハイブリッド植物強奪

エルンスト・ヴルチェク＆K・H・シェール
嶋田洋一訳

PERRY RHODAN
DER RAUB DER HYBRIDE
FLUCHT AUS DEM VERGESSEN
by
Ernst Vlcek
K. H. Scheer

Translated by
Yooichi Shimada
First published 2022 in Japan by
HAYAKAWA PUBLISHING, INC.
This book is published in Japan by
arrangement with
PABEL-MOEWIG VERLAG KG
through JAPAN UNI AGENCY, INC., TOKYO.

目次

ハイブリッド植物強奪

ハイブリッド植物強奪

エルンスト・ヴルチェク

登場人物

アラスカ・シェーデレーア………ネットウォーカー。もとマスクの男
テスタレ…………………………アラスカのプシオン共生体
イルミナ・コチストワ……………メタバイオ変換能力者
ライニシュ………………………侏儒のガヴロン人。ハトゥアタノのリーダー
ファラガ…………………………ナック。ハトゥアタノのメンバー
デメテル…………………………ロワ・ダントンの妻
ジェニファー・ティロン…………ロナルド・テケナーの妻

1

かれは自由だった。

どこにでも行くことができる。だが、目的地はもう決まっていた。数週間前、数カ月前からつねに思い描き、全宇宙のなかでその場所以外のことがほとんど考えられなくなるほどだった。休息し、リラックスできる場所……友がいる場所だ。

いまやみずからに課した任務を終え、焦《あせ》る必要はもうどこにもない。なにごとも、何者も、かれが望む場所に赴くのをじゃますることはないとわかっている。それだけで、かれがこの数週間、数カ月間にわたり受けつづけていた重圧をとり去るには充分だった。

もう急ぐ必要はない。

ロワ・ダントンとロナルド・テケナーを惑星ヤグザンのオルフェウス迷宮から解放したことで、かれの名誉の負債は清算された。行方不明の兄を連れもどすというエイレーネとの約束をはたしたのだ。

もちろん、ネットウォーカーとして惑星サバルを訪れ、計画のさらなる発展に寄与することをもとめられる可能性はあった。ネットウォーカーがロワとロンにやらせたいと思っていることはまだある。

なにしろふたりは自力でヤグザンの迷宮から脱出したかのようによそおっているのだ。自由を獲得したばかりか、永遠の戦士イジャルコルに優遇されることさえ期待できる。ネットウォーカーにとっては願ってもないことだ。

だが、かれはこれ以上計画に参加する必要性を感じなかった。自分にどんな貢献ができるかもわからない。

あるいはエイレーネは、救出活動がどんなふうに実行されたのか、かれが報告するのを期待しているかもしれない。だが、それは彼女の父、ペリー・ローダンにもできることだ。感謝の言葉ならあとでいくらでも……

かれ、アラスカ・シェーデレーアには、まず休息が必要だった。ヤグザンでの一件のあと、ガヴロン人の侏儒《しゅじゅ》ライニシュは怒りのあまり、アラスカたちハトゥアタニを置き去りにして《ヒヴロン》で飛び去った。かれらのことなど忘れていたのかもしれないし、もう必要なくなったからかもしれない。いずれにせよ、五段階の衆に束縛されなくなったのはアラスカにとって好都合だった。ライニシュの傲慢さ、陰険さ、残忍さには、すっかり嫌気がさしていたから。自分自身が策略をめぐらすのも、もううんざりだった。いずれまた同じ目的を追求することになるにせよ、まだ時間はある。まずは休息が必要だ……三つの存在平面を持つ〝都市〟がある名無しのクエリオン世界で。かれのプシオン共生体であるテスタレが待っている、タルサモン湖底の保養所で。テスタレはかつてカピン断片としてかれの最悪の敵だったが、キトマの介入を通じて親友となり、かれが精神的なつながりを感じられる唯一の存在となった。

テスタレがタルサモン湖底の保養所でかれを待っている。

だが、いまやすべての困難を克服したアラスカには急ぐ理由がなかった。

アラスカはスリマヴォとヴェト・レブリアンとともに、《エクスプローラー》部隊のセグメント《ラヴリー・アンド・ブルー》でヤグザンをあとにした。手近なネットノードに移動し、プシオン・ネット経由の個体ジャンプで、いちばん近いネットウォーカーのステーションに到着。

そこでヤグザンのオルフェウス迷宮の報告を記録する。内容はできるだけ簡潔にした。ペリー・ローダンも自分の視点から報告を記録するだろうから。ただ、アラスカはネットウォーカーとして報告の義務をはたしただけではなく、イルミナ・コチストワにもメッセージをのこしていた。

デメテル＝ジェニファー・ハイブリッドの手術には自分も立ち会いたいと要望したの

だ。その時期や、ハイブリッドがライニシュに捕らえられている、惑星タロズの座標については明らかにしなかったが。

時期を特定して束縛されたくなかったのだ。他人に任務のじゃまをされるのも困る。デメテルとジェニファー・ティロンと三人のシガ星人を解放するのはかれの任務だから。それには時期を待たなくてはならないし……自分も休息が必要だ。

ゴリム・ステーションからプシオン・ネットで自身の宇宙船《タルサモン》に移動し、シオム・ソム銀河の辺縁部に向かう。いくつかの優先路が交差するポジションにある、惑星を持たない恒星を対探知の楯にして《タルサモン》を隠した。これでいつでも、なんなくプシオン・ネットにはいりこめる。

アラスカがライニシュに束縛されているあいだ船内にいたテスタレが、メッセージをのこしていた。

船載シントロニクスがそれをホログラムで再生する。

肉体を持たないテスタレのプロジェクションが出現した。

「保養所で待っている」と、テスタレのホログラム。若々しい顔は愁《うれ》いを帯び、その声には奇妙な調子が感じられた。まるで本心とは反対のことをいっているかのようだ。

しかもそのメッセージは二カ月も前のものだった！

アラスカは突然、急いでクエリオン世界に行きたくなった。プシオン流に乗った旅はゼロ時間で終わるので、途中を急ぐことはできない。それでも絶対運動の特徴として、移動する本人には個別の時間感覚があり、ネットウォークの体感時間を引きのばすこともできた。アラスカはネットウォーク内のあらゆる感覚を排除し、プシオン現象をすべて度外視して、目的地に到着することだけに意識を集中した。

タルサモン湖底の保養所に着いたとき、かれは最悪の予感が的中したことを知った。

保養所は無人で、テスタレはいなかった。

＊

アラスカは保養所でじっとして、まずは衝撃から立ちなおろうとした。

テスタレはどこに消えたのか？　十八年前にキトマがかれらをネットウォーカーに紹介して以来、テスタレの行方がわからなくなったことはない。アラスカが肉体で活動するときテスタレは同行できないが、それでもテスタレの精神の所在はつねにわかっていた。

一度をのぞいて、いつも保養所でかれを待っていたのだ。アラスカがプシオン情報量子の群れとしてこの安全な場所にあらわれるたび、テスタレがかれを迎える熱い期待を感じたもの。そう、一度をのぞいて。

そのときは保養所のプシオン球に思考プリントがのこされていて、かれが十三のクエリオンの都市にいることがわかった。行ってみると、かれはプロジェクションのからだで、三つの次元の構築物が重層する都市を散策していた。

ただ散歩をしていたのだ。ぶらぶら歩きまわりたくて、とかれはいった。かれがよくいう〝母胎〟でじっとしているのが耐えられなくなった、と。

たぶんまたそんなところなのだろう。物質世界に顕現《けんげん》してクエリオンの都市を訪れ、プシ量子から生成したプロジェクションのからだで、三つの存在平面を散策しているにちがいない。

だが、なぜそのことを、適当な思考プリントでアラスカに伝えなかったのだろう？

アラスカのプシ量子は保養所を探しまわったが、メッセージは見あたらなかった。テスタレがかつてそこにいたことをしめす、古い意識の痕跡があるばかり……友の消えかけた記憶だ。

保養所を出て、プシオン・ネットを通過。

本来のからだでタルサモン湖の岸辺に立ち、徒歩で都市に向かう。

キトマとともにはじめてきてから数世紀のあいだに、この世界も変化していた。とくにこの十数年での変化は顕著だ。たぶんアラスカがテスタレとともに、ここにひきこもることが多くなったせいだろう。

この惑星の特異な性質がかれらの精神に反応し、かれらの内心の願望をかなえようとしているのではないかとさえ思える。

アラスカとテスタレはきわめて具体的に、ひとつの楽園を夢みていた。それはまだ実現されていないが、この惑星がその夢を受け継いでいるのだ。

空想的に聞こえるだろうが、そういうこともある。ほかにどうすれば動植物相の激変を説明できるだろうか？

クエリオンはもうここにはきていない。ウィボルトもトルニブレドもロバドも、あるいはそれ以外の者たちも、ネットウォーカーという組織を設立したあと、世界に背を向けていた。キトマに呼ばれて一度もどってきただけだ。アラスカとテスタレが同意の刻印であるプシオン刻印を受け、ネットウォーカーになったとき……なんと大昔のことだろう！

いまやこの名無しの世界はかれとテスタレのものとなり、世界はかれらに適応している。アラスカはここの動植物相がどの平面にあるのか知りたいと思った。惑星全体が標準宇宙の現実からぬけ出してパラ現実のなかを漂っているのか、それとも変化はもっと劇的で、時空構造全体の内容におよび、標準宇宙の存在が実体となって見えているのか。後者だとすると、それは多層メタモルフォーゼということに……

アラスカは都市に到着した。

遠目には、都市は谷間に充満した銀色の霧の塊りのように見える。かれは考えこみながら近づいていき、壁の前に立った。壁は白く、継ぎ目がなく、頑丈でも重厚でもなく、それでいて突破できない。

かれはいつものようになんの抵抗もなく通過できたが、その瞬間、一種の心理障壁のようなものを感じた。

都市の意識がかれを押しとどめ、ただちに防御態勢をとったらしい。まるで猛獣が目ざめて、眠りを妨げたのが敵なのか、獲物なのか、調教師なのか、においでたしかめようとしているかのようだ。

アラスカはそのどれでもなかった。かれは何度もここを訪れ、自身の一部を都市に預けていたので、都市もそれなりにかれを受け入れていたが、完全に認めているわけではなかった。

それでも都市のなかを動きまわることはできた。精神的な圧力は一歩ごとに増していったが。

テスタレのことを、かれのプロジェクションの肉体の姿を思い描く……だが、都市はなんの映像も送ってこなかった。

アラスカは三つ重層した建物を眺めた。三つの存在平面が折り重なって、その奇妙な光景をつくり出している。

テスタレからのコンタクトはない。カピンは姿をあらわそうとしなかった。

アラスカの脳裏に恐ろしい疑念が生じた。テスタレが都市の奥深くに踏みこみすぎたとは考えられないか？　三つの存在平面のどれかに迷いこんでしまったのでは？

テスタレはいつもアラスカを非難して、キトマ探索のためにリスクをおかしすぎる、無謀なほど都市に踏みこみすぎるといっていた。テスタレはキトマを探すアラスカの助けになろうとして、みずから都市の深奥に踏みいってしまったのではないか？

友のことはよくわかっている。長い待機時間の末、そんな短絡的な行動に走ったとしても不思議はなかった。

アラスカは都市と通常領域とを接続している迷宮を回避した。プシオン・ネットワークには通常領域からしかはいれない。都市が存在するのは強力なネットノードの中心で、アラスカは迂回路を使って迷宮を回避する方法を身につけていた。

この方法を使えば、三つの存在平面上の蓋然性の数だけ存在する、さまざまな形態の変形クリスタルを利用することもできた。

アラスカはこの変形クリスタルが提供する無数の蓋然性世界のひとつに出現した。こうしてべつの蓋然性平面に足を踏みいれても、すぐにテスタレに出会えるという幻想はいだいていなかった。ただ、可能性は捨てきれない……テスタレを探すなら、どこかからはじめるしかないのだ。

すでに一度、幸運な偶然から、はぐれた仲間と邂逅《かいこう》をはたしたこともある……それとも、とっくに死んだと思っていたチルキオ・ラケルスと再会したのは都市が意図的に仕組んだことだったのか？

「都市はとても気まぐれだ」クエリオンのウィボルトはそういっていた。建設者であるクエリオンたちにさえしたがわないことがよくあるという。

〈テスタレの映像くらい送ってくる気はないのか？〉と、アラスカは思った。

都市はアラスカの希望を無視した。思念がとどいているのはたしかだと思えるのに。あるいは、テスタレはここを通っていないのではないか？　だが、変形クリスタルの蓋然性の範囲内にテスタレのシュプールが見つからなかったとしても、テスタレがここにいたという可能性が否定されるわけではない。

都市が気まぐれだというだけのことだ。

アラスカは蓋然性平面を次々と変更した。その後、変形クリスタルを何度使ったのか、都市にどれだけ長くとどまったのか、もうわからなくなっていた。

肉体的な欲求は時間経過の目安にならない。かれがここですごす時間は相対的なものだから。

ときおり蓋然性平面の向こう側……つまり標準宇宙……で休息し、ネット・コンビネーションから凝集口糧を摂取する。そんなことを七、八回くりかえした。対して、こちら側に滞在したのは四日ほどだ。だが、いったとおり、それは目安にならない。

タルサモン湖底の保養所に、こんどはプシオン・ネットを使って帰還した。テスタレのシュプールはまだ見つからない。アラスカがいないあいだにもどってきたようすもなかった。

アラスカはいよいよ真剣に友のことを心配しはじめた。クエリオン世界以外で、どこに行くだろう? いまどこにいるのか?

原理的には直径五千万光年の球形領域のどこにいてもおかしくない。この範囲内ならプシオン・ネットの個体ジャンプが自由に使えるから。

ただ、アラスカはテスタレが適当にどこかに向かったのではなく、明確な目的地を決めていたはずだと思った。

テスタレはどうして失踪したのだろうと考える。

テスタレはカピンで、すでに何度も、ネットウォーカーがかれの故郷であるグルエルフィン銀河をないがしろにしていると非難していた。永遠の戦士は数十年前に一ソトをグルエルフィンに派遣し、カピンを恒久的葛藤に巻きこもうとして、オヴァロンの介入で退けられている。

くわえて、カピンにはペドトランスファー能力があり、テスタレの主張によれば、永遠の戦士との戦いにおける強力な同盟者になれる。だが、テスタレの主張はネットウォーカーの耳にとどかず、かれらがグルエルフィン同盟を戦争崇拝に対抗する戦いに参加させようと努力することはなかった。

アラスカはこの状況を〝機会損失〟と呼ぶテスタレの思いを知っていた……テスタレがこの問題を自分の手で解決しようと決意し、個体ジャンプでグルエルフィン銀河に向かったことは充分に考えられる。かつてクエリオンのトルニブレドがしたように、オヴァロンとコンタクトをとるために。

一方、テスタレがべつのシュプールを発見した可能性もあった。以前、かれらふたりはアブサンタ＝ゴム銀河に住む〝不吉な前兆のカゲロウ〟の、原因不明の奇妙な活動に気づいていた。テスタレがその真相の究明を決意した可能性もある。その場合、大きな危険に身をさらすことになるだろう。前回もまごうかたなきゴリム殺しであるカゲロウにやられるところだったのだ。

さらにいえば、エスタルトゥの十二の奇蹟のどれを対象に選んでもおかしくない。相手を分析し、克服し、無為に時間をすごすのではなく、とにかく、なにかをするために。最近のかれはプロジェクションの肉体で活動する傾向を強めていた。

肉体のない状態が耐えられないとこぼすことはなかったが、肉体に対する憧れを強めていたのかもしれない。

そんな考えが保養所にいるアラスカの頭のなかを駆けめぐった。

考えこみながら待っているうちに、待機時間はどんどん耐えがたくなっていく。

最終的に、かれは行動に出ることにした。

プシオン・ネットにはいり、個体ジャンプで《タルサモン》の船内に移動。クロノメーターが新銀河暦四四六年六月二十日をしめしているのを見た驚きは大したものではなかった。

クエリオン世界で三カ月近くすごしたことになる。第二の驚きはシントロニクスからの報告だった。

「テスタレが乗船し、あなた宛のメッセージをのこしていきました。短い滞在中に物質プロジェクターを使用したものです。メッセージを見ますか？」

いうまでもない！

＊

「考える時間はたくさんあった」外観はほとんどテラナーと変わらない、ホログラムのカピンがいった。「いつも以上に。きみの不在はこれまでになく長く……非難しているのではない、アラスカ。わたしは嫉妬深い共生体ではないから。とにかく、考える時間はたくさんあり、わたしはひとつの結論に達した」

テスタレの動きがしばらくとまる。緊張した面持ちで、言葉を探しているようだ。

「一度サバルにジャンプしてみたら……とんでもないことが起きていた」と、脈絡なく話を再開する。「空気が重いとでもいうか。各ネットウォーカーの任務領域の話だ。なにをすべきなのか、なにをしてもいいのか、なにをするのがいちばんいいのか。アラスカ、きみの友たち、銀河系からやってきた者たちは、この任務領域を大幅に拡張した。クエリオンや、この集団に属していないネットウォーカーたちは、それになんの意味があるのか、そんな活動がネットウォーカーの意図に適合するのかと疑義を呈《てい》したが……いや、脱線しているな。とにかく、一度サバルに行ってみることだ、アラスカ」

テスタレはおちつきなく、円を描いて歩きまわった。プロジェクションの肉体を完璧に制御している。六百年も肉体を失っていたとは思えないくらいだ。こっそり練習していたのだろう。

「もちろん、タルサモン湖できみを待つこともできた」テスタレはふたたび話題を変えた。「だが、決意が鈍ってしまうのが恐かった。だからそのまま……みずから行動することにした」

テスタレはまた言葉を切った。アラスカはかれの決意が……どんな種類のものであれ……サバルに行くこととどう関係するのか知りたいと思った。

「われわれがキトマの精神種族の仲介で和解したとき、わたしはもうきみの肉体に寄生するカピン断片である必要がなくなった。われわれはどちらも、時の終わりまで、相手なしでは存在できないものになったと信じた。やがて……いや、もちろん、われわれのあいだにはつねに強い紐帯《ちゅうたい》があったが、ときとして自分が寄生虫だと、情けない存在だと感じられるようになって……やがて、われわれはあまり強く結びつくべきではないという見解を持つにいたった。きみに強く依存している自分がいやになったといってもいい。ともあれ、わたしはしばらくきみからはなれようと思う。自分にとって、はなれたほうがいいと思うから。わたしもなにかを成し遂げたいのだ。きみがあげた功績の話をずっと聞きつづけるだけではなく……」ほっとしたようにため息をつく。「やっと話すことができた」

プロジェクションがまっすぐアラスカの目を見つめたように思えた。

「すこしはわたしのことが理解できただろうか、アラスカ？　わたしはそう願っているし、しばらくわたしがいなくなっても、問題なく乗りこえてくれると信じている。ああ、たしかに、保養所できみに告げることもできたろう。だが、そうしていたら、きっと言葉にする勇気は出せなかったと思う。わたしにできることはたくさんある……なにかせずにはいられないのだ、アラスカ！」

「ばかなことでなければいいが」アラスカがつぶやいた。

「きみが最新情報を得ているかどうかわからないが、船載シントロニクスになんのデータも記録されていなかったので、得ていないのではないかと思う」と、テスタレ。「ロワ・ダントンとロナルド・テケナーの解放が契機となって、その後さまざまな出来ごとが雪崩《なだれ》を打って生じた。シオム・ソム銀河でもなにかが起きようとしている……ロワとロンの妻たちの救出を考慮してもらいたい。イルミナ・コチストワはふたりの植物化した部分を分離できるよう努力している。思うに、ふたりを救うのが早すぎることはないだろう。忘れてならないのは、ジェニファー＝デメテル・ハイブリッドが〝エスタルトゥの両性予知者〟の一部であり、とりわけ、分離したとしても予知能力は維持されるにちがいないということだ。サバルでは、わたしの考えはポジティヴに受けとめられた。ただ、分離される本人たちがどう思っているのかはわからない。ロンとロワはそれぞれの妻がハイブリッド存在から解放されるのを歓迎するだろうが……きみにはもう一度ハイブリッドと話しあってみてもらいたい。つまり、ハイブリッドは未来を予知するだけでなく、過去についてもよく知っているのだ。

その情報はわれわれにとってきわめて重要なものだ。現在の問題は過去の出来ごとを解明することでのみ解決できるのだから。

五万年前になにが起きたのか？　それがわかれば現在の状況を把握できるはず」

テスタレはふたたび息をついた。若々しい顔に、かすかに困ったような表情が浮かんだ。

「そろそろ時間だ、アラスカ」と、小声でいう。「きみがもどる前に姿を消さないと。壮大な計画があるわけではない。あれこれの謎を解明し、あれこれの疑問の答えが知りたいだけだ。そうすることでモラルコードの機能に多少とも貢献できるかもしれないし、戦争崇拝の解体にも手を貸せるかもしれない。幸運を祈ってもらってもいい……たぶん興味があると思うからいっておくと、この決断は自発的なものだ。どれだけのことをやりのこしているかサバルで気づいて、決断した。もう自分を寄生虫だと、情けない存在だと思いたくなかった。きみなら理解してくれるとわかっている。もう行くとしよう。また連絡する」

ホログラムが消えた。

記録されたのは十四日前、アラスカが迷宮を通って、重層した蓋然性平面をさまよっていたころだ。

〈くそ、テスタレ、行動に出る前に、なぜヒントをあたえてくれなかった？〉

理由はわかっている。わざとかくしていたのだ。ただ、テスタレの長広舌《ちょうこうぜつ》のなかには、かれのかくされた本心が意図せずあらわれているはず。

アラスカはテスタレの言葉をシントロニクスで分析し、いくつかの前提に分類した。そのあとそれらを多段論法にそって整理させ、結論を引きだす。大したことはわからなかった。シントロニクスが出した結論は、すでにかれが思い描いていたことだった。

テスタレの行動を読み解く鍵はサバルにある。

アラスカの次の目的地が決まった。

シオム・ソム銀河から百十五万光年の距離にある、パラック球状星団だ。絶対移動を使うのはひかえ、《タルサモン》の船載シントロニクスにサバルに向かうよう指示する。ネットウォーカーの本拠地世界には、遅かれ早かれ行くことになっていただろう。

2

アラスカ・シェーデレーアがパラック球状星団に向かうにはメタグラヴ・エンジンを使うしかなかった。球状星団が存在する宙域にはプシオン・ネットの通常路がなく、エネルプシ・エンジンが動作しないから。

永遠の戦士にとってパラックは天然の凪《なぎ》ゾーンのようなもので、なんの注意もはらっていない。ネットウォーカーにとってはこれ以上ないかくれ場だった。また、そこにはとくに稠密《ちゅうみつ》な優先路があり、ネットウォーカーは個体ジャンプが利用できる。

ムールガ星系の第四惑星である本拠地世界サバルだけ見ても数十本の優先路が縦横に走って束になり、ネットウォーカーの大きな機動力を支えていた。安全面からも機動面からも、サバル以上の本拠地を見いだすことはできないだろう。

くわえて、コスモヌクレオチド・ドリフェルまでわずか三十二万光年しかはなれていない。アブサンタ＝シャド銀河の中心なら十一万光年とさらに近い。戦争崇拝の一拠点が目と鼻の先なのだ。

ムールガ星系にはいったアラスカはハイパーカムで身元を告げ、着陸許可を得て、《タルサモン》でサバルの首都ハゴンの宇宙港に向かった。

涙滴形宇宙船を着陸させ、搭載艇でペリー・ローダンの別荘に飛ぶ。ローダンの妻ゲシールと娘のエイレーネがかれを出迎えた。

アラスカは驚きを感じた。ふたりがならぶと母娘というより、まるで姉妹のようなのだ。

ゲシールはかれを抱きしめ、両頬にキスした。

「ペリーもすぐにもどるわ。会議中だけど、あなたがくるのは知っているから」

エイレーネはかれの頸に抱きついた。

「なにもかも、ほんとうに感謝してるわ、アラスカ」

かれもエイレーネを抱擁し、ほほえんだ。

「もうすっかりレディだな。会うたびに美しくなる。見違えたよ」

「めったに顔を見せないからでしょ」エイレーネが非難がましくいう。

かれはふたりのあとから屋内にはいり、ゲシールが軽食を用意するあいだ、エイレーネとおしゃべりをした。

「ロワが解放されて三標準月になるのに、まだ顔が見られないの」エイレーネが不満を口にする。「ひどいと思わない？　ペリーが迷宮ダイヴァーを装着して出発したとき、ついていけばよかった。ほとんどその気でいたんだけど……プロトタイプがひとつしかなくて。がっかりしたから、ドリフェルで埋めあわせたの」

「コスモヌクレオチドに行ったのか？」アラスカがたずねる。

「アトランのドリフェル・カプセルに密航したのよ」ゲシールが説明した。「ほんとうに考えなしで、ふたりともあぶないところだったわ」

「大げさなんだから、ゲシール」エイレーネが反論する。「ちょっと冒険的な状況にはなったけど、ほんとうに危険なことなんて全然なかった。ドリフェルに保存されたありえる未来のうちふたつを現実に体験できて、圧倒されたわ」

彼女はコスモヌクレオチドでのことをくわしく物語り、アラスカは興味深く聞きいった。ありえる未来のひとつでは、戦士イジャルコルがエスタルトゥの力の集合体のプシオン・ネットを除去し、ドリフェルがそれに対してプシ定数をあげる反応をとり、この宙域の時空が崩壊するにいたった。イジャルコルはネットウォーカー組織を潰滅させるのに成功したが、同時に十二のエスタルトゥ銀河すべてが消滅することになった。

アラスカはそれを聞いて、そうなる可能性はごくちいさいだろうと思った。ネットウォーカーがそんなことを許すはずがない。また、エイレーネが語る第二のありえる未来のほうはさらに可能性が低そうだった。

そこではエイレーネとアトランが、〝それ〟の力の集合体である局部銀河群にあらたに銀河がひとつくわわるという〝ありえる現実〟を体験していた。

たしかにドリフェルにはひとつのありえる未来として、戦争崇拝が勝利し、銀河系やグルエルフィン銀河やM - 87だけでなく、この宙域に存在する銀河すべてにひろがっていくという未来も内包されている。

だが、アラスカはそんなものを重視しなかった。エイレーネにとっては忘れられない冒険でも、宇宙の進化にとってはほとんど意味がない。かれはもっと深く考えていた。

「テスタレがサバルにいたと教えてくれたんだが」

「ええ、〝はじまりのホール〟で見たわ。物質プロジェクターを使って、肉体の姿であらわれた。好奇心旺盛だったわ」

「かれにもドリフェルでの体験を話したのか?」

「アトランがね」娘にかわってゲシールが答えた。「そのときテスタレがおかしな発言をして、アトランが聞きとがめたのをよくおぼえてる」

「テスタレはなにをいったんだ?」

「ドリフェルのありえる未来について、狙いを絞った安全な方法で探索すべきだと提案したの」と、ゲシール。

「自分もドリフェルに行ってみたいといったのか?」

「それは知らない」と、ゲシール。「でも、どうして自分でテスタレに訊いてみないの？」

「シュプールものこさず、消えてしまったのだ」

＊

「いいや」アトランが断言した。「テスタレはコスモヌクレオチドの近くには行っていない。だれかがドリフェル・カプセルを使用すれば、ドリフェル・ステーションが気づく。カプセルを使わずにコスモヌクレオチドにはいれるのはクエリオンくらいのものだ」

それでこの話は決着した。

ローダンとアトランの横には第三の深淵の騎士、ジェン・サリクがいた。かれもローダンの別荘にきていたのだ。アラスカにはこの会合が偶然のものとは思えなかった。三人のだれも集まった理由を語ろうとはしないが、話しあいたいことは多いだろう。かれらはいまもコスモクラートの呪いを受けていて、故郷銀河はもとより、それが属する局部銀河団にさえ近づけずにいる。この制約のせいで、ネットウォーカーと銀河系のコンタクトも強化できていない。

五年に一度くらい、仲介者のカルフェシュが三名の深淵の騎士に接触し、協力をうながしていることはアラスカも知っていた。だが、ローダンもアトランもサリクも態度を変えていない。この困難に耐え、二度とコスモクラートにはたよらないと決めている。

「テスタレの居場所の手がかりを提供できず、残念だ」サリクがいった。

アラスカはなんでもないというように片手を振った。これ以上、自分の問題について話したくなかった。

「また友たちと会えただけで充分です。前にいっしょにいたのが永劫の昔のようです」

もっと早く会えたはずだとか、惑星ヤグザンでの救出活動のあとすぐに顔を出すべきだったとかいって、かれを責める者はいなかった。

むしろローダンは、ヤグザンのオルフェウス迷宮で同じ任務に就いていたにもかかわらず、アラスカとは一度も会えなかったと残念がった。それでいてスリマヴォやヴェト・レブリアンといった連絡役を介してうまく協力でき、ロワ・ダントンとロナルド・テケナーの解放に大きく貢献できたのだ。

「ふたりはどうしていますか？　計画どおりにやっていますか？」アラスカがたずねた。

「聞いていないのか？」と、ローダンがいぶかる。「データはすべて情報記憶バンクにいれてあって、毎日更新されている」

「一次情報がほしいのです」アラスカが申しわけなさそうにいった。「どんなぐあいですか？」

「いまのところ悪くない」ローダンはそういって、かんたんに現状を説明した。

ロワとロンは永遠の戦士イジャルコルに迎えいれられ、予想どおり恩赦を受けて、〝シオム・ソム銀河の自由人〟の称号を得た。イジャルコルはおもしろくないようすだが、戦士の法典には逆らえず、ほかにどうしようもなかった。

ロワとロンはさらに、イジャルコルへの敬意の印として、次の〝生命ゲーム〟を演出することになった。開催地は惑星マルダカアンではなく、シオム・ソム星系に変更された。これは女戦士スーフーの助言者であるロットラーの画策によるもので、ロットラーはじつはネットウォーカーだった。

イジャルコルは口車に乗せられて餌《えさ》に食いつき、シオム・ソム銀河の凪ゾーンのまんなかに開催地を変更するしかなくなった。

イジャルコル本人はほかの永遠の戦士たちの後押しで惑星エトゥスタルに赴き、〝エスタルトゥはもうここにはいない〟という噂を否定する証拠を持ち帰ることになった。ロワとロンには最大限の移動の自由があたえられた。

こうしてネットウォーカーの計画の第一段階は成功した。

「だが、すべてが予定どおりに運んだわけではない」と、ローダン。「ライニシュはあらゆる手をつくしてロワとロンを排除しようとした。明らかにイジャルコルの指示を受けてのことで、ゴリムがかれの栄誉のために次の生命ゲームを演出するのが不満だったのだろう。だが、最初の暗殺の試みが失敗し、イジャルコルはハトゥアタノのチーフを呼びもどすしかなかった。もっとも、ライニシュはさらになにか企んでいるらしい。その点については、いまはまだなんともいえないが」

もうひとつ、驚くべき展開があったが、そちらはネットウォーカーの計画に影響するようなものではなかった。永遠の戦士たちの会議中、進行役があらわれて、自分たちこそがエスタルトゥの力の集合体の指導役だと公然と主張したのだ。すくなくとも、進行役が永遠の戦士の上位者であることを劇的な演出ではっきりさせた。以後は各戦士にひとりずつ進行役が同行することになり……しかもこの進行役たちはたんなる傍観者ではなかった。

「とはいえ、いったとおり、われわれの計画に影響はない」と、ローダン。「進行役は生命ゲームに興味がないから。計画の第二段階にうつろう。サラアム・シインをおぼえているか、アラスカ?」

「あのオファラーを忘れるはずがありません。ネットウォーカーの組織に参加してすぐのころ、わたし自身がかれをこの組織に勧誘したんですから。サラアム・シインは最初の任務までずいぶん待たされたはず。うまくやっていますか?」

「サラアム・シインの声楽学校には、シオム星系で開かれる次の生命ゲームでいい音を奏でることになりそうです」ジェン・サリクがいい、マルダカアンに行ってようすを見てきたことを説明した。「いまはまだ合唱団選定コンクールがつづいていますが、サラアム・シインが最強の競合相手のカレング・プロオに敗北したら、カオタークが優位に立つことになります。当然、ライニシュも介入しようとはするでしょうが、サラアム・シインに対して疑念はいだいていません。われわれの目的は味方であるサラアム・シインの勝利です。そうならなかった場合、長期にわたる計画がむだになってしまう」

アラスカははじめて、ローダンから計画の詳細を聞かされた。サラアム・シインは生命ゲームのために百三十万名のオファラーを必要としていて、かれらを自身の声楽学校〝ナムビク・アラ・ワダ〟独自の歌唱法をもちいて訓練しなくてはならない。それ自体は大した問題ではなく、歌手たちの移送も同様だ。イジャルコルがかれの艦隊の宇宙船を提供してオファラーを凪ゾーンのはずれまで運び、そこから紋章の門を経由して、惑星ソムの王の門に転移させる。

「ここまではいいのだ」と、ローダン。「だが、サラアム・シインから特別な要望があった。かれの歌手たちが決められた瞬間に望んだとおりのプシオン効果を発揮するためには、全員がソムに集まっていてはまずいらしい。各十五万名のグループをふたつ、べつのふたつの紋章の門に配置しなくてはならない。ロワとロンには不可能だ。そんなことをする説得力のある理由がないから。サラアム・シインが公式に要望すれば疑いを招くだろう。つまり問題は、どうすれば三十万名のオファラーを、疑われることなくべつのふたつの紋章の門に配置できるか、ということ。また、ライニシュに嗅《か》ぎつけられることなく、われわれが関与していると悟られずに、そんなことが手配できるのはだれかということ。だれだろう?」

「答えはもう出ているんでしょうね」と、アラスカ。「そんな不可能を可能にできる者の名前をわたしにいえと? それとも、鏡を見るだけでいいんでしょうか?」

「きみが唯一の希望なのだ、アラスカ」アトランがいった。

「おや、ほんとうに?」アラスカがおもしろがるように問い返す。「だったら、よりによってこのわたしが、どうすれば三十万名のオファラーをひきいる笛吹き男になれるのか教えてください。わたしが歌うのを聴いたことがありますか?」

アトランは微笑した。

「笛吹き男はライニシュなのだ。こんな配置が可能なのは、あの侏儒のガヴロン人しかいない。かれなら疑われることもないはず。ライニシュがネットウォーカーに協力するなどとは、だれも思わないだろう。そして、アラスカ、われわれのなかできみだけが、かれにこのアイデアを吹きこみ、自分で思いついたと信じこませることができる。あの侏儒のガヴロン人にロワとロンを狩らせたとき、すでに一度やっているからな」

「このことをテスタレにも話したのですか?」と、アラスカ。

三名の元深淵の騎士たちは、申しあわせたかのように同時に首を横に振った。

「ひとことも話していない」アトランが断言した。「テスタレはこの件に関してなにもできない。きみの答えは？」

「わたしが唯一の希望だというなら、断るのはむずかしいでしょう」アラスカが渋い顔でいう。「できれば、あまり期待はしないでください。ライニシュはだれも信用しません。もっとも身近な協力者であるハトゥアタニたちでさえ」

「サラアム・シインの要望をかなえるには、ほかに手がないのだ」と、ローダン。

「ライニシュを騙《だま》せなかったらどうなります？」アラスカがたずねた。「計画は中止ですか？」

「それはない」ローダンが言下に答える。「ただ、成功の確率は大きく低下することになる。失敗がわれわれの組織にどんな影響をおよぼすかは、いうまでもないだろう。当然、ギャラクティカーがネットウォーカーから得ていた信頼は失墜することになる」

アラスカにもそれはわかった。紋章の門への攻撃は、三名の深淵の騎士とギャラクティカーがネットウォーカーに参加する前からの計画だ。アラスカがサラアム・シインを勧誘したとき、アラスカの友たちはまだネットウォーカーの存在すら知らなかった。永遠の戦士イジャルコルの暗殺計画は、ローダンたちが実行を強く後押しするまで、長らく眠っていたものだ。もちろんアラスカは計画を全面的に支持している。

だが、かれはここで、テスタレがサバルの現状についていった〝空気が重い〟という言葉を思い出した。

「この不確定要素のせいで、クエリオンとの関係がぎくしゃくしているのではありませんか？　テスタレがそんなことをいっていました」

アルコン人と両テラナーは顔を見あわせ、ローダンが口を開いた。

「それは凪ゾーン作戦だけにとどまらない、根本的な問題だ。一ネットウォーカーの任務とはなんで、どこまでがその範囲なのかということ。われわれギャラクティカーは明らかにやりすぎだし、性急すぎる。だが、それは次の交渉の席で、きみ自身の目で見ることができるだろう」

「いずれにせよ、クエリオンとは話をしようと思っていました」と、アラスカ。

「だったら、相手をしてくれるのはカネアシしかいないだろう」アトランがいった。

＊

ジェフリー・アベル・ワリンジャーは〝丸太〟の探査にかかりきりで、すでに一連の注目すべき成果をあげていた。だが、謎を解明すればするほど、この全長八十キロメートルの物体の謎は深まるばかりだ。ストレンジネスは異宇宙のものなのに、内部にはすくなくとも二体の銀河系住民が存在している。〝丸太〟がどの空間……または時間……からきたのか、なにものの手になるものなのかという疑問が、ワリンジャーをとらえて放さない。かれはこの、コスモヌクレオチド・ドリフェルが孵化《ふか》させた宇宙の破片にすべての注意を傾注していた。

グッキーがアブサンタ＝ゴム銀河に赴いたのは、故郷の渦状銀河を出たカルタン人の入植者にほかならない、ラオ＝シンの謎を解明するためだった。

フェルマー・ロイドは〝陽光好きな黄金雨降らし〟を観察するためウルムバル銀河に向かい、ラス・ツバイはシルラガル銀河で、永遠の戦士ナストジョルの〝歌い踊るモジュール〟を調べている。

イルミナ・コチストワは《アスクレピオス》でシオム・ソム銀河の凪ゾーンのはずれに待機し、アラスカの合図がありしだい、デメテル＝ジェニファー・ハイブリッドを受け入れることになっている。

イホ・トロトは数カ月前に祖先の故郷を見るためM－87に向かい、いまのところ連絡がない。

レジナルド・ブルはネットウォーカーの組織に参加せず、惑星サバル訪問も拒否して、ネットウォーカーの本拠地世界の座標さえ受領しようとしないまま、エクスプローラー＝ヴィーロ宙航士たちとともにあちこちに出没している。

いま現在、追放者の〝トシン〟であるブリーはヴェト・レブリアンとスリマヴォとともに、シオム・ソム銀河の凪ゾーンに住むさまざまな種族のもとを訪ね、くるべき事態への準備を進めていた……ただ、スパイがそこらじゅうにいるので、これについてはあまりくわしいことは語れない。

ヴェト・レブリアンはかれの同族であるムリロン人や凪ゾーンの宇宙遊民から〝デソト〟すなわち〝反ソト〟と呼ばれている。ソトが〝戦士のなかの戦士〟だとするなら、デソトはその対極だ。ただ、レブリアンも自由に活動できるわけではなく、地下にもぐるしかなかった。そうしなければヤグザンのカリュドンの狩りには参加できなかったろう。

こうしたことは友たちとの話のなかで明らかになった。かれらが〝はじまりのホール〟のある円形建築物を訪れ、クエリオンのカネアシとコンタクトしたときのことだ。三名の深淵の騎士の出発にさいし、サリクはアラスカに厳《おごそ》かに別れを告げた。どういうことだと訊かれると、かれらは顔を見あわせ、ローダンが説明した。

「そろそろコスモクラートの呪いをなんとかするころあいだ。われわれ、コスモクラートが自身の力で正気にもどるのをずっと待っていたが、むだだった。だから行動にうつることにした」

ジェン・サリクが三人のなかのいちばん手としてノルガン・テュア銀河に飛び、ケスドシャン・ドームへ行くことになった。

「ケスドシャン・ドームは騎士のオーラに影響をあたえられる唯一の場所だ」と、アトラン。「ジェンはドーム内で、われわれをコスモクラートの呪いから解放しようと試みる。ドームと一体化したテングリ・レトス＝テラクドシャンが手を貸してくれるものと期待している」

「長い旅になるでしょう」別れぎわ、ジェン・サリクがアラスカと握手してそういった。「ノルガン・テュア銀河は五千万光年の球形領域の外にあるから、個体ジャンプでは行きつけません。旅程の大半はわたしの船のメタグラヴ・エンジンを使うことになる。だからどれだけの時間がかかるか、いつまた会えるかわからないのです、アラスカ」

「幸運を」アラスカはそういって、痩身《そうしん》のテラナーの手を握った。やがて視線がはなれると、かれはたずねた。「クエリオンはあなたたちとコスモクラートの仲介をしてくれないんですか？」

「クエリオンが手を出さない、タブー領域があるのだ」アトランが皮肉っぽく答える。

「行こう！」ローダンがいった。

＊

「ネットウォーカーになる者はその適性をそなえている。適性を証明するのに特別な試験は必要ない。条件をそなえている者しかプシオン刻印を、同意の刻印を受けられないから。ネットウォーカーがプシオン刻印を剝奪されたり、不名誉に追放されたりする事態は、われわれの組織の成立以来五万年のあいだ、一度として起きていない」

目に見えないクエリオン、カネアシの精神の声が、訪問者である三人にははっきりと聞こえた。銀河系からの移民であるかれらはネットウォーカーとしてふさわしいのかという、アトランの挑発的な質問に対する答えだ。

「同意の刻印はだれにも剥奪できない」精神の声がつづく。「心変わりなどでネットウォーカーの適性を失うと、プシオン刻印は勝手に消えてしまう。とりわけ重要なのは、本人にその気がなくなったとき、ネットウォーカーでありつづけることを強要されないという点だ」

カネアシはアトランがあえて口にしなかった、同意の刻印が騎士のオーラと同じように悪用できるのではないかという危惧を当てこすった。

「だが、われわれ、非難されているらしい」と、アトラン。「ネットウォーカーの規則に反しているとして。告発されたわけではないが、われわれがネットウォーカーの任務をないがしろにして個人的な目的を追求している、などといった声が耳にはいってくる。われわれが戦争崇拝の解体を急ぐのは、故郷銀河のことだけを考えているからだ、といったような」

「われわれクエリオンのだれかがそんなことをいったおぼえはない」と、精神の声。「それ以外の者たちには言論の自由がある。きみと同じく、ネットウォーカーはだれもが個人的な意見を表明できる。たとえきみたちギャラクティカーの行動に批判があったとしても、それはわれわれの組織の任務がなおざりにされるのを心配してのことだ。われわれの使命はプシオン・ネットの損傷を修復し、ネットを損傷するような行為を予防することにある。すべてはコスモヌクレオチド・ドリフェルを守り、モラルコードを正しく機能させるためだ。永遠の戦士との戦いは副次的なことにすぎない。かれらがドリフェルの領域にいて、プシオン・ネットの操作を通じてコスモヌクレオチドに干渉し、結果的にモラルコードを危険にさらしているから」

「まさに考え方のちがいだな」ローダンがいった。「われわれは第一に生命体の運命を考える。戦争崇拝の哲学のもとで抑圧されている全種族のことを。恒久的葛藤のもとで苦しんでいる、十三銀河の住民たちのことを。われわれの関心事は、まず知性体を手助けし、邪悪の根源を処分し、永遠の戦士の権力を打破し、恒久的葛藤を無意味なものにすることだ。それが成し遂げられれば、モラルコードの機能を維持するという〝まわり道〟にもつながる。それがわれわれの意図であり、そのために参加したのだ。だからこそ、戦争崇拝に大々的に対抗するため、いわゆる〝エスタルトゥの奇蹟〟の消滅をもとめている。われわれ、直接の被害を受けている者たちを救いたい。ドリフェルのような抽象的な存在を救うために全力をつくすというのは方向性が逆で、世間知らずな、むしろ反生命的な行動だと考える」

「われわれクエリオンは無条件に賛同する」カネアシの精神の声は理解をしめした。

「だが、永遠の戦士側の数十億の軍勢と、ネットウォーカーの数を比較してみてもらいたい。こちらは五百名もいないし、シンパや協力者をふくめても、せいぜい数千名だろう」

「ネットウォーカーはこの五万年のあいだに、プシオン・ネットをつぎはぎするだけではない、強力な組織になることもできたはず」アトランが感情もあらわに指摘する。

「そのとおりだ」クエリオンは同意した。「だが、できたとしても許されなかった。そこにきみたちがやってきて、五万年分の遅れを早急に埋めあわせようとしている。われわれが恣意的に自分たちの限界を定めていたとでも思うのか？　むしろ活動半径をできるかぎりひろげてきたのだ。ネットウォーカーはまず第一に、コスモクラートの監視艦隊にかわって、コスモヌクレオチド・ドリフェルを監視しなくてはならない。われわれクエリオンはけっして、失われた超越知性体エスタルトゥにかわる機関をつくろうとしたわけではない。クエリオンには遵守《じゅんしゅ》すべき宇宙の法があるが、これはきみたちには適用されない。きみたちには大きな行動の自由がある。だが、だからといって、ネットウォーカーの規則に違反してもいいということにはならない。ネットウォーカーの組織をきみたちの思いどおりに動かすことはできないと理解すべきだ」

「残念ながら、どうにもならないようだ」ローダンは不機嫌なため息をついた。かれとほかのギャラクティカーは、戦争崇拝を体系的に解体するため、ネットウォーカーが十二のプシオン的奇蹟をひとつずつ消滅させていくべきだと主張している。

自力で目的の達成をめざすことが妨げられるわけではないが、クエリオンからの自発的な支援は期待できないということ。

アラスカにはクエリオンの態度がそれなりに理解できた。かれらはたしかに高次の存在で、その進化の度合いは標準宇宙の住民よりも超越知性体に近い。かつて宇宙に知性をひろめた〝大群〟をつくった、三十六種族から生まれた精神生命体だったのだから。

その精神集合体から離脱した十三名が、下位次元である標準宇宙の秩序を守っている。かれらは標準宇宙にみずからを適応させたが、それでもその価値観やモラルは、やはり高次元のものだった。標準宇宙の存在なら無視できるような、宇宙の法に縛られているのだ。

アラスカ自身、テスタレとともにキトマの種族クエリオンのもとで高次元存在に触れたことがある。だからかれらの見方がすこしはわかるのだろう……完全に理解できるわけではないにせよ。

かれはいまも自分を下位次元の存在だと感じていた。人類、テラナー、ギャラクティカーであり……二義的にはネットウォーカーでもあると。その一方、カネアシのこんな言葉も理解はできる。

「われわれの立場からすると、ドリフェルの影響範囲は力の集合体ごとに区分されていて、そこに属する超越知性体だけが進化の影響を受けることができる。これに対して、きみたちはこの境界をこえることができる」

「だが、エスタルトゥはもうここにはいない！」ローダンが絶望の声をあげる。

「この五万年ほどは、そのとおりだ。だが、その程度の時間が宇宙にとってどれほどのものか……エスタルトゥが不在のあいだ、その庭園をべつの超越知性体が管理しているのかもしれない」

アラスカはそこにかくされたヒントがあるのだろうかと自問した。エスタルトゥが不在のあいだに、べつの超越知性体がこの力の集合体を乗っとった？　恒久的葛藤はエスタルトゥの庭園を奪おうとした、このべつの超越知性体の破滅的な影響に由来するものなのか？

だが、ローダンの質問を聞いて、アラスカは考えなおした。

「それはつまり、〝それ〟がここの秩序を正すべきだという意味なのか、カネアシ？」

クエリオンはなにも答えない。

アラスカはテスタレがメッセージのなかでほのめかしていたことを思い出し、こうたずねた。「これまでにわかっているところでは、十二銀河がこんな悲惨なことになったのは、エスタルトゥが力の集合体を去る前に権力をプテルスに委譲し、かれらがそれを悪用したからだ。五万年前に実際のところなにがあって、なぜ第三の道の哲学が恒久的葛藤に変質したのかがわかれば、問題を解決するための答えが見えてくるかもしれない。どう思う、カネアシ？」

「そのとおりだ」

「だったら、過去になにがあってこんな状況が生じたのか、教えてもらいたい！」

「きみがいうほどかんたんなことではないのだ、アラスカ・シェーデレーア」クエリオンの精神の声が答える。「重大な疑問に対するすべての答えが過去にあり、それが同時に問題解決につながるのはまちがいない。だが、われわれクエリオンはその答えを教えることができない。ネットウォーカーの活動とは関わりがないことだから。答えは手のとどくところにある。きみたちはそれを自力で見つけなくてはならない」

カネアシは短く言葉を切り、肉体を持った三名がなにもいわないので、やや口調を変え、いささか挑発的に先をつづけた。

「超越知性体の〝それ〟のことをいっていたな、ペリー・ローダン。〝それ〟はわれわれクエリオンよりも関係性をよく知っている。〝それ〟が黙っているのに、われわれが答えを教えるわけにはいかない。きみたちがわれわれの立場に理解をしめしたくないなら、せめてこれくらいは受け入れるべきだろう」

アラスカはクエリオンに同情しそうになった。

「五万年におよぶクエリオン組織の歴史のなかで、われわれほど面倒なネットウォーカーはいなかったかもしれないな」アトランが仲間にいった。

「まったくだ！」と、精神の声。

こうして話しあいは終了した。

＊

アラスカはさらに一日サバルに滞在したが、なにか重要な用件があったわけではない……ネットウォーカーにとって、という意味で。

エイレーネからはもうひと晩泊まっていってとせがまれ、多くの時間を彼女とともにすごした。

エイレーネは兄のマイクに会わせてもらえないことを嘆いていた。かれはロワ・ダントンという名前で、ロナルド・テケナーとともに、なんとも華々しい生命ゲームを演出することになっている。

そんな慨嘆の一方、彼女は状況への理解もしめした。マイクと会ってつながりができてしまったら、ずっと前から準備されていた計画がだいなしになってしまうから。

アラスカはエイレーネがなにかかくしていて、そのことをかれに気づいてもらいたがっているのもわかっていた。

詮索するまでもなく、彼女はシオム・ソム銀河に寄り道して、オファラーの世界である惑星マルダカアンをたずねたことを告白した。ロワ・ダントンがマルダカアンを訪れ、生命ゲームについてオファラーと打ち合わせをしていると聞いて、矢も楯もたまらなくなったのだ。

でもむだだったと、彼女はがっかりしたようすでいった。彼女がマルダカアンについたのは、ロワとロンがスタートした直後だった。

「ふたりはうまくやれると思う?」エイレーネがたずねた。

「まずサラアム・シインがうまくやらないとな」と、アラスカ。

「それはすぐにわかるわ。合唱団選定コンクールの結果はあと一時間たらずで出るはず」

アラスカはせめて結果の報告がとどくまでは待とうと思った……サラアム・シインが競争相手をすべて蹴落とすことは一瞬たりとも疑っていなかったが。

エイレーネとゲシールに別れを告げたあと、かれはふたたびアトランとローダンと会談した。

「次はライニシュの本拠地惑星、タロズに行くことにしました」と、打ち明ける。「それを知れば向こうから接触してくるかもしれません。なにもなければ、かれがタロズにくるよう仕向けます。ハトゥアタノに対する見せかけの攻撃を演出することになっても、なんとか呼びよせてみせます」

「タロズにはジェニファー・ティロンとデメテルと、三名のシガ星人が囚《とら》われている」ローダンが渋い表情でいう。「その計画に組みこめないだろうか？　つまり、かれらを急いで救出したいのだ。イルミナも待機している」

　アラスカはうなずいた。

「そのことも忘れてはいません。ライニシュをひっかけるのに、役にたつかもしれませんし。ただ、まだどうなるかわかりません。現状がどうなっているか、情報を集めてみないと」

「やはりタロズの座標は教えてくれないのか？」アトランがたずねた。「非常事態にそなえて知っておきたいのだが」

「いいでしょう」アラスカがしばらく考えてから答えた。「ただ、イルミナに伝えるのはわたしがライニシュをおびき出してからにしてください。かれが三十万名のオファラーをべつの紋章の門に配置したことが確認できてからです。あるいは、なにかがうまくいかず、かれがわたしの頭皮を剝ぎとったあとです」

「わかった」と、ローダン。

「タロズはエメット星系の第二惑星です。シオム・ソム銀河のウェストサイドにあり、銀河の中心から四万三千光年ほどはなれています」かれはネットウォーカーの座標システムにすでに入力してある正確なポジションを伝えた。「エメット星系は星図に載っていません。惑星タロズは優先路と交差していないので、個体ジャンプで移動することもできません。そのときがきたら、ライニシュの本拠地の技術設備の詳細を情報ノードの記憶バンクにのこしておきます」

その直後、待望の報告がシオム・ソム銀河イーストサイドからとどいた。内容は簡潔だ。〝マルダカアン……声楽学校ナムビク・アラ・ワダが合唱団選定コンクールで優勝。名歌手サラアム・シインがパニシュ・パニシャ・グラウクムより、シオム星系で開催される次の生命ゲームの合唱団指揮者に任命される。サラアム・シインはこれより、ナムビク・アラ・ワダ独自の歌唱法を百三十万名のオファラーの歌手に教授する予定〟

これがアラスカ・シェーデレーアのスタートの合図だった。かれは友たちに別れを告げ、《タルサモン》でサバルをはなれた。

新銀河暦四四六年六月三十日のことだ。

わずか数時間後、第二報として、〝丸太〟に関する驚異の報告がとどいた。

だが、アラスカはすでにムールガ星系から数光年はなれ、パラック球状星団のはずれに接近していた。

やがてシントロニクスが報告する。

「相対的凪ゾーンをぬけました。プシオン・ネットの通常路が存在します。メタグラヴ・エンジンをエネルプシ・エンジンに切りかえられます」

「切りかえろ」アラスカはシントロニクスに指示し、念のため、もう一度タロズの座標を確認した。百十五万光年ほどはなれたNGC４５０３、固有名シオム・ソム銀河にある惑星だ。

あとはなにもすることがない。シントロニクスがすぐさま目的地まで送りとどけてくれる。

アラスカはテスタレのことを考えた。予知植物の共生体に……ハイブリッドの一部に……なっているジェニファー・ティロンとデメテルと、三人のシガ星人のことも……頭のなかは問題だらけだ。

それらを解決しなくてはならない。自分自身を問題から解放し、ふたたび自分自身になるために。

「やってみせよう」かれは自分に向かってそういった。

3

「ハロー、シェーディ。タロズにようこそ」

アラスカの目の前に、外骨格でもある黄土色の手足つきアーマーを装備した一ナックが浮遊していた。標準宇宙で前後左右を知り、コミュニケーションを可能にする音声視覚マスクの上でプシ触角が震えている。黒くぬめぬめしたナメクジのようなからだはわずかに湾曲し、十二本のちいさな腕が確実に計器を操作していた。

「着陸許可をもらえるか、ファラガ？」アラスカがプシカムで依頼する。かれがいるのは大気のない惑星の軌道を周回する、レンタル宇宙船のなかだった。

《タルサモン》はエメット星系から三・五光年はなれたネットウォーカーの一宇宙基地に預け、そこに配置された汎用エネルプシ宇宙船に乗り換えたのだ。

「許可する」ナックのしわがれた、だが聞きやすく変調された声が答える。「ゲームのルールは知ってるな」

〝五段階の衆〟を代表する一ハトゥアタニであるファラガとの通信はそれで終わり、アラスカにはしばらくのあいだ、相手の姿も見えず、声も聞こえなくなった。

やがてロボットから着陸指示があり、船は誘導ビームに乗って、埃《ほこり》っぽいカルスト地形の表面にある、未完成のモニュメントの近くに着陸した。

目だたないその宇宙船は全長二十メートルで、卵を押しつぶしたようなかたちをしている。船名は《サイラム》だが、アラスカは名前の由来を知らなかった。かれにとって重要なのは、船が目だたず、ハトゥアタノに敵と認識されないことだったから。

「下船してください！」惑星側のロボットが指示し、いうまでもない警告をつけくわえた。「警告！　この惑星には大気がありません。真空中で生存できない生命体は防護服を閉じてください」

「忠告に感謝する」アラスカのネットウォーカー・コンビネーションの防護システムはとっくに作動しており、防護服から酸素が供給されている。

船外に出ると、惑星の土埃に脚が膝まで埋まった。ちいさな噴水が噴きあげた水が、一Gをわずかに上まわる重力ですぐに落下する。恒星エメットは地平線に沈んだばかりで、未完成のモニュメントはまだ残光に照らされていた。五角形のピラミッドは三百メートルほどの高さしかなく、その上には鋼の骨組みが、早くも暗くなった空へとのびている。シオム・ソム銀河の星々がはっきりと見えた。

《サイラム》の周囲にほかの宇宙船の姿はない。だが、降下中には三隻の中型宇宙船を見かけていた。それらはモニュメントの反対側に着陸したらしい。アラスカは基地の基部までの四百メートルをゆっくりと歩いていった。基地は一辺が一キロメートルはありそうだ。

アラスカがはじめてここにきた……つまりライニシュが衛星マジュンタのハイブリッドを本拠地に持ち帰った……とき、かれはこのモニュメントを見て衝動的に、〝タロズの臍《へそ》〟を意味する〝タロズのオムファロス〟と命名していた。この建造物が荒涼とした、生命の存在しない世界の臍そのものと思えたから。ジェニファー＝デメテル・ハイブリッドがここに持ちこまれたことで、その意味はさらに強化された。

よく知られているとおり、古代ギリシアにおけるデルフォイの神託は魔術的にも神話的にも大きな意味を持つ、〝世界の臍〟とされる場所で授けられた。ライニシュのハトゥアタノの本部もまた、一種の神託の場になっている。かれがハイブリッドの予知能力を利用したいと考えているから。

アラスカは一度だけ、ライニシュとファラガがハイブリッドの特性をテストする場に居あわせたことがある。ライニシュはもう何度も質問をしているようだった。ファラガがハイブリッドをどんなふうにあつかっているか、アラスカは考えたくもなかった。

ななめにかしいだ、継ぎ目のない壁面に近づく。まるで鋳造した金属を研磨したかのようだ。鏡のような表面に恒星エメットの光があたると、その反射で人間は完全に目が見えなくなってしまうほどだった。

はじめてここを訪れたとき、アラスカはなぜこのモニュメントが未完成のままなのか……そもそもなぜ、さして重要でもないこんな世界に建設しようとしたのか、疑問に思ったもの。

いまではその理由もわかっている。

建設を指示したのは戦士イジャルコルだった。かれはこの地に紋章の門を建設したがっていた。戦略的に重要でもないタロズになぜ紋章の門をつくろうとしたのかは、ライニシュにもわからないようだ。アラスカは、銀河中心部から急いで脱出するような事態になったとき、秘密の避難場所を確保しておきたかったのではないかと考えていた。

いずれにせよ、イジャルコルは紋章の門の建設を中止させた。十六年前、惑星エトゥスタルにエスタルトゥを訪ねて、帰ってきた直後のことだ。

永遠の戦士は暗黒空間から帰還して本来の意図を見失い、この紋章の門でなにをしようとしていたのか、忘れてしまったのではないかとアラスカは思った。以来、このモニュメントは未完成のままになっている。

その後、ゴリムとの戦いのため五段階の衆が設立されると、イジャルコルはこの建造物をライニシュが本部として使用できるようにした。もちろん、それが可能だったのは、すでに完成していた部分には技術設備が設置されていたからで……じつのところ、欠けているのは門そのものと、その周辺装置だけだった。

ナックのファラガはすでにイジャルコルから門マスターに任命されていて、そのためだけにハトゥアタノに所属しているのではないかとアラスカは思った。

ファラガはタロズのオムファロスにプシオン的な精華を集めた遊び場をこしらえていた。

ハイブリッドはかれのお気にいりのおもちゃであるらしい。

アラスカは身震いした。

エアロックにはいり、内扉が開いてひろいホールに出ると、シントロニクスの声がいった。

「あなたの居室は空けてあります、シェーディ。自由に使ってください。案内します」

「場所はわかっている」アラスカはいった。

*

なにか特別なことが起きるわけでも、アラスカの目的に近づく決定的な進展があるわけでもないまま、日々がすぎていった。

ハイブリッドが衛星マジュンタの環境をシミュレートしたちいさな人工庭園に収容されているのは知っていた。庭園はピラミッドの中心、惑星表面から見て地下に位置している。

アラスカはあらゆる手段を駆使して庭園に近づこうとしたが、どの道にもファラガの目が光っているとわかっただけだった。あのナックは完璧なダンジョン・マスターだった。

オムファロスにはさまざまな出自の生命体が二千名ほど住んでいた。すべてがかつて紋章の門の建設に携わった者たちだ。

計画の立案者で、イジャルコルから紋章の門の設計をまかされた建築家にも会うことができた。

だが、ポエングレドというその小柄なソム人の建築家から設計図かなにかを入手したいというかれの希望はかなわなかった。

はじめて会ったときから、オムファロスの住民たちはどこかおかしかった。やがてわかったのは、二千名全員が意志を失い、ファラガの奴隷になっているということだった。ナックがプシオン・インパルスを使ってかれらを操っていたのだ。

ファラガとコンタクトしようというアラスカの努力にも、ナックはなんの反応もしめさなかった。

アラスカはこの時点で何度か、この方向での行動をあきらめることを考えた。ライニシュに協力することでハイブリッドに近づくほうが、時間はかかるがかんたんだと思えたから。

そのチャンスはすぐに訪れた。到着してから三惑星日後、ライニシュからプシカムで連絡があったのだ。

侏儒のガヴロン人は3Dホログラムの姿でいきなりかれの居室にあらわれ、疑わしげにかれを見つめた。

「おい、シェーディ、オムファロスになにをしにきた?」〝パーミット〟を装着したライニシュの左手は見えなくなっている。侏儒のガヴロン人はハトゥアタノの本部に対するアラスカの命名が気にいって、ただちに採用していた。

「タロズはわたしにとって、きみとコンタクトできる唯一の場所だからな」と、アラスカ。「ヤグザンでは時間がなくて、充分に自分を売りこめなかった」

「ヤグザンではなにもかもうまくいかなかった」ライニシュがおしころした声でいう。責任を認めるような口調ではなく、非難がましい、狩りの失敗は自分以外の全員のせいだといっている口調だった。「だが、狩りはまだ終わっていない。場所がトロヴェヌール銀河のオルフェウス迷宮から、シオム・ソム銀河にうつっただけだ」

「きみの獲物が〝シオム・ソム銀河の自由人〟の称号を得て、イジャルコルからシオム星系で開かれる生命ゲームの演出をまかされたと聞いた」アラスカが同情するようにいう。「当然、きみはおもしろくないだろう。だが……イジャルコルの判断に逆らうつもりなのか？」

「シェーディ、きみにいっておきたいことがある」侏儒のガヴロン人のホログラムがいった。「生命ゲームは絶対に予定どおりには進まない。わたしが妨害するから。戦利品はかならず手にいれる。ロワ・ダントンとロナルド・テケナーは逃がさない」

「わたしにできることはあるか？」アラスカはたずねた。

ライニシュが皮肉っぽい笑みを浮かべる。

「ないといいがな。なにもするな。きみが動くたびになにかがおかしくなって、予定どおりいかなくなるから」

「それはないだろう、ライニシュ。ハイブリッドの捕獲ではすくなからず役にたったはずだ」

「たしかに」と、ライニシュ。「きみが選んだハイブリッドはすばらしいものだった。だが、この話はここまでにしよう。ひとつだけ忠告しておく。あのハイブリッドには近づくな」

「わたしにできることはないというのか？」

「わたしの指示にしたがえば、長く充実した人生が送れる」

アラスカがなにかいう前にホログラムは消えてしまった。生命ゲームについて、まだ聞きたいことがたくさんあったのだが。

いちばんいいのはタロズをはなれ、ロワとロンを探し出して、ライニシュに気をつけろと伝えることだろう。だが、それはほかのネットウォーカーの任務だ。

当面なにもすることがないとしても、かれはここにいるしかない。ハイブリッドになにかあった場合にそなえるのだ。とはいえ、デメテルやジェニファー・ティロンやシガ星人たちとコンタクトするチャンスはなさそうだった。

「ハロー、シェーディ！」

ナックの合成音声に、アラスカは思わずたじろいだ。ファラガに考えを読まれたような気分だ。

「つきあってくれる気はあるか、シェーディ？　デモンストレーションに招待したい。きっと楽しめるだろう」

「よろこんでつきあおう」と、アラスカ。「ここにいても退屈なだけだから」

ありがたいなりゆきではあったが、同時にかれはナックがなにを望み、なにを企んでいるのだろうかと考えた。

はじめてタロズを訪れたとき、ファラガがかれの細胞活性装置を調べたことを思い出し、身震いする。

あのときは不安なひとときをすごしたもの。さいわい、ナックのプシ感知力でも細胞活性装置の秘密が解明されることはなく、アラスカは遅ればせながら自信をとりもどし

った。

「だれかを迎えにいかせるよ、シェーディ」と、ナックがいった。

だが、約束がはたされたのは数時間後で、迎えにきたのは昆虫生命体の一パイリアだった。

かれは無言でアラスカをオムファァロスの中心部まで先導し、反重力リフトで深部に向かった。到着する前から、アラスカには目的地がハイブリッド庭園だろうと見当がついた。

ファラガが待っていた。

「招待を受けてくれてうれしいよ、シェーディ」ナックが音声マスクを通していう。

「受けないという選択ができたのか？」と、アラスカ。

ナックはよくわからない音をたてた。多少とも感情移入能力がある者なら、ため息だと感じたかもしれない。

「ま、なんというか……」音声マスクからためらいがちな声が聞こえる。「われわれ双方の上官であるライニシュは、われわれがいま、なにをしようとしているか知らない。この実験に賛成しないのではないかという危惧があって……きみもわたし同様、このハイブリッドに魅せられているんだろう？」

アラスカはファラガの言葉にあやういものを感じた。

ハイブリッドがとてつもなく大きな花束のように目に飛びこんできた。下腕くらいの長さのチューリップ形の花が密集して咲いているため、その下にある人間の胴体ほどの太さの茎や絡まりあった細い枝は、存在を推測することしかできない。この植物に見る者の目を楽しませる以上の能力があるとは、とても想像できなかった。

ハイブリッドを見ただけでは、そのなかに二名の人間と三名のシガ星人が共生体としてつつみこまれ、気根に似たごつごつした茎がかれらのからだに絡みつき、髪の毛のように細い新芽を体内に挿しこんで、複雑な代謝を実行していることはわからない。ましてや、精神的なつながりはさらに深く、共生体を通じて超心理的な力が構築され、予知能力が生じていることなどわかるはずがなかった。

ハイブリッドは直径六メートルくらいの範囲にひろがり、花の最上部は三メートルほどの高さに達していた。

アラスカは衛星マジュンタで聞いた、ハイブリッド特有のテレパシー的なささやきが聞こえないかと意識を研《と》ぎ澄ました。だが、ごくちいさな物音さえ聞こえてこない。マジュンタの広大なハイブリッドの巣では精神の声が嵐のようで、防護ヘルメットがなければ耐えられないほどだった。そのちいさな分体であるデメテル＝ジェニファー＝シガ星人ハイブリッドも声を伝えることはできるはず。シガ星人の姿は見えないが……なのに、なにも聞こえてこない。まるでハイブリッドがプシ的に死んでいるかのように、ごくかすかな、なにをいっているのかわからない程度の精神インパルスさえ存在しない。

「ハイブリッドは枯れかけている」ナックのファラガがアラスカの考えを読んだかのようにいった。「マジュンタの土壌に植えて、わが身を慈しむように大切に世話をしたのに。共生体を追加して強化しようとさえしてみたが、拒絶されてしまった。ほら、自分で見てみろ!」

ナックは体表のちいさな腕の一本をのばしてアラスカをうながした。

アラスカは思わず一歩後退した。ファラガが見せようとしたものがわかったから。ハイブリッドの花がいくつか丸まって、茎がひっこみ、その部分の花束がしおれている。枝のあいだには大きく変形してもとのかたちがほとんどわからなくなった、ふたりのヒューマノイドの肉体が見えた。ミイラのように干からびて、まるで体液をすべて吸いとられたかのようだ。枝が動いて気根がふたつのからだの下にもぐりこみ、そのまま中空に持ちあげる……ファラガが腹這いの姿勢になったふたりの足裏の正面に立った。ひっこんでいた茎がのび、花束が華麗さをとりもどす。

「見たか?」ナックの口調は非難がましいとさえいえるほどだった。アラスカに向きなおり、視覚器官であるふたつの黒い球体を向ける。二本のプシ触角がアラスカの額に向かって、まるでプシオン蛭《ひる》が吸いつこうとするかのようにのびだした。

アラスカはさらに一歩後退した。

「ヴィーロ宙航士を植物から切りはなす手術が必要かもしれない。しばらくして両方の共生パートナーが回復したら、あらためて結合させればいい」

「それではパートナーの片方が死んでしまうだろう」と、ファラガ。「ハイブリッドを救う唯一の手立ては、信頼できる男性要素を付加することだ。つまり、ふたりの迷宮踏破者を」

「だが、植物に共生体を追加しようとして拒否されたといっていたはず」アラスカはファラガの足元に転がった、相貌もわからないほど干からびたふたつの死体にちらりと視線を向けた。

「あかの他人の肉体だったからだ！」と、ナック。「拒否したのは植物ではなく、ふたりの女性共生体だ。わたしにはわかる。そういう感覚があるから」

「信じよう。だが、イジャルコルが踏破者のふたりに名誉をあたえたいま、ハイブリッドと共生させるわけにはいかないだろう。やはり分離手術を……」

アラスカの言葉がとぎれた。ナックがいきなり反重力装置を使い、電光石火でかれの背後にまわりこんだ。

振りかえろうとしたアラスカは、なにかがネット・コンビネーションを貫き、脊髄《せきずい》に突き刺さる衝撃を感じた。

麻痺したかのように、抵抗できなくなる。からだがハイブリッドのほうにひきずられるのがわかった。

「わたしの独断専行だが、ライニシュもあとになれば認めてくれるだろう」背後からナックの声が聞こえる。「ハイブリッドが完全に開花して予知能力をとりもどせば、きっと満足するはず」

アラスカはまだ麻痺したまま、顔をチューリップ形の花のなかに押しこまれた。花弁が頭をつつみこむように閉じ、舌のようなものが顔を舐《な》めまわす。

〈デメテル！　ジェニー！〉アラスカは懸命に思念を送った。〈わたしがわからないのか？　きみたちにできるなら、このゲームを終わらせてくれ。きみたちを助けにきたんだ〉

アラスカの顔をつつんでいた花がぽろりと落ちた。ファラガがプシ感知力のあるちいさな腕を放したので、麻痺が解ける。

かわって蔓状の柔らかい枝がかれに絡みつき、腕や脚に蛇のように巻きついて締めつけてきた。髪の毛のように細い植物のゾンデがネット・コンビネーションをまさぐり、内部に侵入できる場所を探している。

振りかえると、葉と花の壁が背後で閉じようとしていた。隙間ごしに、地上半メートルほどの高さに浮遊するナックが見える。二名の奴隷が姿を見せ、ミイラ化したふたつの死体を運び去った。

〈デメテル！　ジェニー！　いったいどうしてしまったんだ？　生命をかえりみなくなってしまったのか？〉と、絶望的な気分で考える。

〈わたしたちじゃない。植物コンポーネントの働きで、わたしたちが受動的だと、自律的にやってしまうの〉

精神の声ははっきりとアラスカにとどいた。蔓状の茎の締めつけがゆるむと、目の前にデメテルとジェニファーの姿が見えた。

ふたりの裸体が絡みあい、そこにさらに植物の茎が巻きついている。彼女らのからだに傷はなかったが、皮膚は若い女性のものではなく、まるで長年野ざらしにされた、苔《こけ》むした彫像の表面のようだった。

デメテルの銀髪とジェニファーの赤褐色の髪が薄もののように何層にも重なりあい、植物の細い繊維がそれを束ねている。そこからちいさな吸盤が突き出て、束ねられた髪にせっせとくっつき……アラスカはこの髪の織物とプシオン流のネットワークの比較がなぜかきわめてしっくりくることに気づいたが……その髪のネットがかれの上にひろがって、植物繊維が無数の細いミミズのように肌の上を這いまわり、ネット・コンビネーションの下にもぐりこむ場所を探すのは、なんとも気分の悪いものでもあった。

〈お上品ぶるつもりはないし、たとえそうだとしても、ふたりが裸なのは気にいらない。皮下に植物がもぐりこんでいてはなおさらだ〉

　思考が堂々めぐりしていた。キトマの名前がちらりと頭に浮かび、おちつかなくなる。そこでさらにロワとロンのことが思い浮かび、内心の動揺は決定的になった。

　だが、そのとき、気分をおちつかせる考えが頭をよぎった。突如として状況をまったくべつの、おだやかな視点で見ていたのだ。自分はここでなにかとつながるわけではない。十五年以上にわたってこの植物に囚われている、さらに大きなハイブリッド集団の一部でありつづけた、五名の苦悩する生命体の代弁者なのだ。

「マジュンタで大きな全体の一部だったとき」アラスカの耳に、実際の音として声が聞こえた。深くエキゾティックなその響きから、デメテルの声だとわかる。「わたしたちは自意識を失っていて、自分自身の個性を感じる瞬間はめったになかった。でもいま、全体から分離して、ふたたび自分の存在が意識できているわ。デメテルとして考え、感じている。ほかの者たちも同じでしょう。でも、あなた以外のだれと話ができると思う、アラスカ？　あの不気味な存在に知られたら、その場で消滅させられてしまうかもしれない」

　アラスカの目にはブロンズ色の肌のデメテルがうつっていた。まるでどこかべつの、よく知っている場所で向きあっているかのようだ。三名のシガ星人、コーネリウス・〝チップ〟・タンタルと、スーザ・アイルと、ルツィアン・ビドポットの姿も見えた。かれらに会ったことはなかったが、そのままの姿が目にうつっている。アラスカにはかれらが植物のどこにとりこまれているのかわからなかったが、それはむしろありがたかった。

そして、もちろん、ジェニファー・ティロンもそこにいた。その目には彼女のユーモア感覚を反映したいたずらっぽい光がある。左手は細胞活性装置をまさぐっていた。かれの視線に気づいて、ジェニファーがいった。

「細胞活性装置のおかげで、まだ完全にハイブリッドに吸収されずにすんでいるの。植物と動物のどちらでもあるような感じ。統合されてはいないけど、抵抗してるわけでもない。植物部分にある程度の影響力はあるものの、自分たちを解放できるほどじゃないわ」

「イルミナ・コチストワなら助けられるだろう」と、アラスカ。「わたしからの合図を待っている」

「ええ、わたしもメタバイオ変換能力者が唯一の希望だと思います」スーザ・アイルがいった。

「ロワとロンもきみたちを待っていて……」アラスカはそこから、ヤグザンでの解放作戦や、ふたりが戦争崇拝に決定的な敗北をもたらす手段を手にいれたことを説明した。

「戦争崇拝には弱点があるわ」デメテルがいった。

「恒久的葛藤の哲学がばかげたものだと証明するのは、そんなにむずかしいことじゃない」と、ジェニファー。

だが、アラスカが具体的な内容をたずねると、デメテルもジェニファーも、三名のシガ星人も口を濁した。

アラスカにはそれが、植物部分が主導権をとりもどし、共生体の個性と独自の意志を抑圧したように思えた。

だが、やがてデメテルはこの抑圧を乗りこえたらしく、決然といった。

「わたしたちは負けない。さまざまな手を使ってわたしたちの思考と知識を引きだそうとする、あの不気味な存在にも」

「あなたも知ってるでしょう、アラスカ」と、ジェニファー。「マジュンタで、多くの知識がわたしたちのなかに流れこんできた。それを整理するのはとてもむずかしくて……植物部分がなかったら、そもそも不可能だったはず。あの不気味な存在はその知識をほしがってる」

「でも、それはあいつにとって重要なことではありません」ルツィアン・ビドポットがいった。「あいつは他者が重視することに興味をしめしません。逆に、どうでもいいことがあいつにとっては大切なんです」

「なにか典型的な例はあるか?」アラスカはたずねた。状況の異常さはすっかり忘れている。よく知っている環境で友たちと活発に議論しているという幻想は完璧だった。

「典型的な例ね……」

〈典型的な例……なにをあげればいいか……例……例……〉

声が徐々に遠ざかり、居心地のいい議論の場という幻想は急速に崩れた。

〈いずれにしても〉しだいにちいさくなる精神の声は、五名の共生体のだれのものなのか、もうわからなかった。〈あの不気味な存在……あなたの思念ではナックのファラガと呼ばれている者……は、ハイブリッドの知識プールにアクセスするため、あなたを共生体にくわえた。かれが知りたがっていることは、戦争崇拝とはかならずしも関係がない。もっと奥深い秘密を、起源を知りたがっている……その意味を!〉

「だったら、どうしてわたしを共生体からひきもどすのだ?」アラスカは声に出して質問した。たとえ思念がとどかなくても、せめて声がとどくように。

「そのままのあなたが必要だから!」ふたたび幻想の声が聞こえた。

「デメテル! ジェニー!」アラスカは叫んだ。「もうひとつ、重要な連絡がある。わたしの思念に集中しろ。きみたちはロンとロワの計画の背景を知っておく必要がある!」

かれらは声がとどいたことを確認したが、その返事はすでにはるかに遠ざかっていた。アラスカは懸命に思念を凝《こ》らし、ネットウォーカーの計画に意識を集中して、要点をはっきり伝えようとした。

〈百三十万名のオファルの合唱団がシオム・ソム銀河の凪ゾーンのはずれに飛び、そこから紋章の門でシオム星系に送られる。ただ、目的地に到着するのは百万名だけだ。計画がうまくいけば、あとの三十万名はべつべつのふたつの紋章の門に転移する。こうすることには大きな意味がある。きみたちが質問されたら……〉

「……正しい答えを返すんだ！」

最後の言葉を発したとき、アラスカは衰弱して力のはいらない脚でファラガの前に立っていた。

「実験を完遂できなかったのは残念だ」ファラガが音声マスクごしにいう。

「この幸運はなんのおかげだったんだ？」アラスカは震える声でたずねた。最後に自分が発した声にナックが反応していないので、ほっとする。

「ライニシュの来訪が告げられた」と、ナック。「忠告しておくが、シェーディ、このあいだ、われわれがどんなふうに時間をすごしていたか、絶対に話すんじゃないぞ」

「わたしなら心配無用だ」むしろアラスカはよろこんでファラガの要求にしたがうつもりだった。

ナックは返事を予期していなかったらしい。すでに反重力装置で浮遊しかけていたくらいだ。かれは動きをとめ、振りかえった。

「ライニシュはだれの言葉を信用すると思う、シェーディ？　わたしがライニシュに、きみがハイブリッドを盗んで影響をあたえようとしていたと話したら、きみはどうする？」

「よくわかっているさ」アラスカは無表情にそういったが、そのときにはもう、ナックはかれに曲がった背中を向けていた。

一奴隷がアラスカを庭園から連れ出しにきたが、かれはもの思いに沈んでいて、その姿に気づかなかった。

〈どんな起源を、どんな意味をもとめているのだ、ファラガ？〉と、沈思黙考する。はっきりしているのは、ナックの知識欲がハトゥアタノの任務とは関係ないらしいということだった。

4

エスタルトゥの力の集合体はなにかがおかしかった。

さもなければどうして、法典に忠実ではありえない二名のゴリムが、かつてないほど大がかりで華々しい生命ゲームの演出をまかされるのだ！

ライニシュは永遠の戦士イジャルコルに対し、あの状況ではほかにどうしようもなかったとなぐさめの言葉をかけた。ロワ・ダントンとロナルド・テケナーは十五年間の追放をへて、自力でオルフェウス迷宮から脱出した。ゆえにかれらには恩赦と、それを上まわる栄誉があたえられる。

イジャルコルはふたりにそれをあたえたものの、ライニシュがおもしろく思っていないのは明らかだった。だからハトゥアタノのチーフは是正処置としてふたりの〝自由人〟を排除しようとし……残念ながら失敗した。だが、狩りはまだ終わったわけではない。ライニシュはふたりを倒すとかたく決意していた。侏儒のガヴロン人は、一度決めたことはかならず完遂してきた。

かれはウパニシャドの十段階すべてを修了している。さらに特別な功績をあげて、パニシュ・パニシャになりたいと思っていた。不死になりたかったのだ……肉体は無理でも、せめてその名声において。

いまごろはオファラーの歌手たちがシオム・ソム銀河の巨大凪ゾーンのはずれに移送されているはず。イジャルコルはこのために一千隻の護衛艦隊を派遣した。それが惑星マルダカアンの軌道上に集結したのは、すばらしい見ものだった。

ライニシュは思った。わたしがその艦隊の支援を得られれば、すぐにもネットウォーカーを潰滅させられるのに、と。

だが、百三十万名のオファラーを運ぶ球形艦は、益体《やくたい》もない見世物に使われる。生命ゲームの本来の目的を見失ってしまったのか？　あれはいまも昔も、洗練された選択原理にもとづいて最高のシャドを選抜し、戦士イジャルコルの輜重《しちょう》隊を強化するためのものだった。

このばかげた見世物はなんだ？　なぜ開催地が凪ゾーンのまんなかにあるシオム星系に変更された？　華々しいショーの演出効果のためだけだ！

イジャルコルは自分自身を裏切ったのだ。

とはいえライニシュとしては、ヤグザンの迷宮を脱出した、演出をになう憎いふたりのゴリムが大失敗するところを見てみたい。

生命ゲームを妨害するのがおのれの永遠の戦士への反逆になるということは、もう念頭になかった。イジャルコルなどどうでもいい。自分自身が暗黒空間に、惑星エトゥスタルに、エスタルトゥの座所に行くのだ。だが……

〈エスタルトゥはもうここにはいない！〉

イジャルコルはこの噂の真相をたしかめるためスタートした。ライニシュはイジャルコルがエスタルトゥの庭園でどんな答えを得てくるか、興味津々《きょうみしんしん》だった。ライニシュ自身は、エスタルトゥはほんとうに、もうここにはいないのではないかと思っている。

そうでなければどうしてゴリムが、システムの敵、恒久的葛藤への反抗者、戦士法典に意味を見いださず、定期的にエスタルトゥを吸いこまない者たちが、身分もわきまえず生命ゲームを演出したりできるのか。

ライニシュからすればこれは冒瀆《ぼうとく》であり、史上最大の生命ゲームを妨害することに、なんのジレンマも感じることはなかった。一見イジャルコルに逆らっているようでも……名誉や闘争や服従の規則にはしたがっている。イジャルコルに逆らうというのも表面上のことで、かれは戦士が心の底ではこんなかたちの生命ゲームを認めていないはずだと確信していた。

イジャルコルはすこし自分を見失っているだけだ。しっぽのあるプテルス、目だつことのなかった進行役がいきなりあらわれて、銀河の支配者が逆に命令を受ける立場になった。永遠の戦士がとり乱すのも無理はない。

イジャルコルの衛星で開かれた戦士会議で起きたことだ！

この一件により、エスタルトゥの力の集合体の腐敗が明らかになった。

ただ、さいわい、適切なときに正しい合図を出せるライニシュのようなパニシュがまだのこっている。勇気があれば、たとえ一時は法に違背《いはい》するように見えても、最後にはシステムを救うことができるのだ。

ライニシュがこの目的を達成できれば、永遠の戦士たちと同じように、不死を獲得できるだろう。永遠の名声だけでなく。そう、ライニシュは名声だけでは満足できない。

永遠の生命だ。

かれがもとめるのは永遠の戦士と同等のものだった。

＊

かれは《ヒヴロン》をマルダカアンの軌道上に待機させ、護衛艦隊を監視していた。すべて直径三百メートルの球形艦だ。艦内には護衛部隊を個別に収容できるハチの巣搭載艇が配置されているが、今回はオファラーの乗客を乗せるため、兵士たちはフォームエネルギーでつくられた艦首ドームに押しこまれていた。

《ヒヴロン》にいるのはライニシュだけだ。三名のハトゥアタニがゴリム狩りに……成果はほとんどあがっていないが……出ているほか、ナックのファラガがタロズで留守番をしている。かれとはつねに連絡をとっていた。ナックからアラスカ・シェーデレーアが予告なくタロズにあらわれたと聞いたときは、安堵のようなものを感じた。シェーディは気にいっているが、同時に不信感もいだいている。その感情は独特のもので、シェーディがきわめて狡猾《こうかつ》で危険な男だとわかっているからこそだった。要するに愛憎相なかばということ。

ライニシュはうろたえるファラガに、タロズの座標をシェーディに教えたのは自分だと説明しなくてはならなかった。

「〝タロズのオムファロス〟といいだしたのはシェーディだ。あっちで会うことにするか」と、ライニシュはひとりごちた。

ライニシュは最初のハチの巣搭載艇が母艦から分離してマルダカアンに降下するのを待ち、自身のエルファード船の十個の球形セグメントのひとつでオファルの合唱団の惑星に降下した。

イジャルコルの全権代理であることをしめすパーミットのおかげで、オファルの名歌手でパニシュ・パニシャでもあるグラウクムとの会談を持つことができた。

会談の場はマルダカアン最大のウパニシャド学校で、グラウクムは仕事のじゃまをされて迷惑そうではあったが、ライニシュの要請を無下にすることなくダシド室に顔を出した。

「アッタル・パニシュ・パニシャたるオーグ・アト・タルカンの庇護のもと、エスタルトゥを吸いこもう!」ライニシュがいい、グラウクムはしかたなくかれとともに五メートル四方の部屋にはいり、法典ガスを吸いこんだ。

ライニシュはエスタルトゥの影響を感じはじめ、質問した。

「わたしが今回の生命ゲームから排除されていることをどう思う?」

「わたしはイジャルコルの意向にしたがう」オファラーは直接の返答を避けたが、ライニシュは相手の発声膜がいつわりの歌を奏でていることに気づき、重ねてたずねた。

「では、それがイジャルコルの意向ではなく、かれ自身も強制されているのだとしたら? その場合、わたしがゲームを茶番にするのを支持してくれるか?」

「それはわたしの名誉にふさわしくない」

ライニシュは金属につつまれた左手のパーミットをあげた。

「だが、服従は名誉に優先する。わたしはイジャルコルにかわって発言している。われわれ、この生命ゲームを阻止しなくてはならない」

「いまさら不可能だ」

「きみの力で、予期しない経過をたどらせることはできる」

「聞こう」

「弱々しい歌声のサラアム・シインが戦士らしいカレング・プロオを降《くだ》したのは残念だった。だが、起きたことはしかたがない。聞くところでは、サラアム・シインは百三十万名のオファラーをナムビク・アラ・ワダの流儀で教育したとか。そのうちの数十万名を、もっと力強い歌唱法で鍛えられたべつの声楽学校の者たちといれかえたら、敬愛するグラウクム、この生命ゲームは期待はずれに終わるはず。そうは思わないか？」

「ひかえめにいっても大混乱になるだろう」と、オファラー。「だが、それだけではないのがわかるか？　わたしは名誉を失墜し、まちがいなくトシンの印を受けることになる」

「わたしはパニシュ・パニシャを臆病者と呼んだことがない」ライニシュが憤然といいはなつ。「だが、きみのことをそう呼ぶのはかんたんらしいな」

「きみの計画は悪くない」グラウクムはすでに法典ガスの影響を受けていた。「きみ自身でやってみてはどうだ？　きみはパーミット保持者だ。現場に行って、準備をやめるようにいえばいい。オファラーの移送をとめる命令を出すこともできる……わたしはそれにしたがおう」

「目的は生命ゲームをとめることだけではない。なによりも、ふたりのゴリムが失敗することが重要だ」

「きみが私怨で動いているのはわかっている、ライニシュ」グラウクムは冷静にそういい、ダシド室をあとにした。

ライニシュはその場でオファラーを殺すこともできた。だが、寸前で、そこまでやればパーミットがあっても処罰はまぬがれないことを思い出した。

侏儒のガヴロン人はマルダカアンをはなれ、自分のエルファード船にもどった。意気阻喪《そそう》することはなく、両ゴリムの頸をへし折る決意はさらに強くなっていた。

それにしても、グラウクムのような弱虫がパニシュ・パニシャを名乗るとは、ウパニシャドの教えに対する冒瀆だとかれは思った。

＊

「歌え、友よ、あらゆる苦しみを歌で心から追いはらえ！」ライニシュは《ヒヴロン》に客として招いたオファラーにうながした。

オファラーの歌声は、侏儒のガヴロン人がこれまでに聴いたどんなオファラーの歌よりもすばらしかった。その声にはさまざまな表情があり、ライニシュはうっとりと目を閉じて、それでいて客の苦悩のすべての側面を受けとめていた。

「サラアム・シインの声楽学校でなにを教えられた？」ライニシュが辛抱強くたずねる。

オファラーはそれを歌で伝えた。かんたんにいうと、百三十万台の有機シンセサイザーがプシオン性シンフォニーを奏で、生命ゲームの参加者と来賓たちを正しい気分に導くものだ。

「それですべてか、メエモ・メイ？」ライニシュが謎めいた問いかけをする。

「われわれは名誉のために歌う！」と、オファラー。「ナムビク・アラ・ワダとは、ソタルク語でそういう意味です」

「なんと耳ざわりな」ライニシュは顔をしかめた。「もっと美しく歌え、メエモ・メイ。わたしが聴きたいように歌うのだ」

「どうすればいいんです？」オファラーの声がひび割れた。「あなたはわたしを苦しめている。発声膜が裂けそうです。どう歌えというんですか、残忍な拷問者！」

ライニシュは目を開き、オファラーが拷問されたように、触手状の腕を星形にひろげているのを見て驚愕した。

「たしかに。ああ、そうそう、思い出した。この処方はサラアム・シインから、きみに歌わせるようにともらったものだ」

「嘘です！」

「わたしの名誉にかけて、きみの歌の教師がわたしにとどけてきたものだ」ライニシュがパーミットを弄《もてあそ》びながら、誠実な表情で断言する。パーミットで操作されたロボットが尖った道具で、オファラーの頸にある膜器官を刺激した。「この状況で反逆罪の話はしたくないが……メエモ・メイ、すなおに真実の頌歌《しょうか》を歌ってくれれば、このオーディションはすぐに終わると確約しよう。それはサラアム・シインの意志でもある」

「信じられません」

「嘘ではない！」ライニシュがふたたび断言。ただ、かれはすべての真実を語ってはいない。

実際にサラアム・シインがかれにもとめたのは、生徒をひとり無作為に選んで、声楽学校の動機と原則について質問してもらいたいということだった。そこでライニシュはメエモ・メイを選んだ。

だが、オファラーが歌ったのは不正な意図のない崇高な目的、この生命ゲームに参加できる栄誉、永遠の戦士イジャルコルへの恭順といった古い歌だった。真実の歌としては気がぬけていて、なんのひねりもない。

「頑固だぞ、メエモ・メイ」ライニシュはオファラーを非難し、緊張を解いて目を閉じ、ため息をついた。「きみが協力的でないのは残念だ。それならフィナーレにはいるしかない」

侏儒のガヴロン人がロボットにインパルスを送ると、オファラーが最後の歌をうたいはじめた。全身全霊を使って、予想もしなかったほど高い声で、わが身の苦しみを表現する。やがてついにオファラーが壊れたとき、それはあらゆる美の儚《はかな》さの、肉体の脆《もろ》さの、腐敗と死の証明となった。声がちいさくなり、消えていく。

ライニシュはもうしばらくその場にすわったまま、オファラーの末期《まつご》の歌の余韻にひたりつづけた。マルダカアンまでやってきた甲斐《かい》がなかったことを嘆いている。べつのどこかで糸をひかなくては。

時間が迫っているのだ。オファラーを収容した最初の護衛艦は、すでに凪ゾーンのはずれに向かっている。惑星エルロアクトムにある紋章の門、サルコ門をめざして。この惑星は凪ゾーンの外にあり、エネルプシ宇宙船で到達可能だ。オファラー全員がエルロアクトムを経由すれば、シオム星系への転移はすぐに完了してしまう。だが、さいわい、移送には守るべき規則があった。これも儀式の一部だから。

死んだオファラーを真空にゆだね、護衛艦隊司令官と面会の約束をとりつける。司令官のラモレオは老ソム人で、数十年にわたりパニシュ・パニシャの名誉をたもっていた。ライニシュがまだ子供だったころ、すでに長らく法典守護者として名をなしていた、尊敬に値《あた》いする人物だ。

面会の場はラモレオの旗艦《ナルロド》のダシド室だった。ふたりのほかにはウパニシャドの教えの創設者、オーグ・アト・タルカンの像があるだけだ。

ライニシュはすぐに本題にはいり、パーミットをしめしてこういった。

「わたしはイジャルコルから全権を委任されている。わたしがオファラー移送部隊の指揮を執るようにとのことだ。イジャルコルはエトゥスタルに向けてスタートする前に、わたしに意志を伝えた。オファラーを乗せた護衛艦隊で、シオム・ソム銀河を一周するようにとのことだ。このキャンペーン行動で、かれの生命ゲームに参加する者をできるだけ多く集めたい。ラモレオ、きみについては、イジャルコルの意図にしたがって艦隊を指揮してもらいたい」

ソム人はしばらく考えこんだあと、こういった。「ほんとうにそうだとするなら、イジャルコルはわたしに直接、自身の意図を伝えるはず」

「いまはイジャルコルと連絡がつかない」と、ライニシュ。「このパーミットが全権委任の印だ」

「なるほど」と、ソム人。「わたしもパーミット保持者だったので、パーミットの奇蹟的な技術のことはよく知っている。イジャルコルがきみに宣伝キャンペーンの指示を出したときの記録を再生してもらおう。確認が必要なことは理解できるだろう?」

ライニシュの敗北だ。かれは激怒して《ヒヴロン》にもどった。

＊

「ファラガ」ライニシュが不機嫌さといら立ちをかくすときの、妙に陽気な口調でいった。「きみは特殊な能力があるからハトゥアタノに受け入れられたにすぎない。ナックであるきみはプシオン・ネットワークに耳を澄まし、ゴリムのシュプールを見つけてくれると期待していた。だが、いまのところ、きみはたったひとりのネットウォーカーも発見していない。五段階の衆にとっての、きみの利用価値に疑義が生じている。そろそろ期待に応えてもいいころだろう」

「ゴリムのネットウォークのシュプールを見つけるのは困難なのです」ナックが反論する。「エネルプシ・エンジン搭載の宇宙船とは異なる方法で移動しますから」

「どんな方法だ？」ライニシュは憤然となった。「プシオン・ネットはひとつしかないです」ナックはそのなかを見聞きできるのだと思っていた。

「ナックといえども、無制限になんでもできるわけではありません」ファラガが弁明する。「ゴリムがネットウォークをどうやって隠蔽《いんぺい》しているのか、いまだに見破れないのです」

「わたしがタロズにきたのはきみの失敗を責めるためではない」ライニシュが寛大にいう。

かれは《ヒヴロン》を惑星周回軌道上に待機させ、一球形セグメントで着陸していた。かれの注意をひいたのは、今回アラスカ・シェーデレーアが使ったのが自身の涙滴形宇宙船《タルサモン》ではなく、小型の目だたない船だったことだ。

とはいえ、そこに特別な意味を見いだしたわけではない。《タルサモン》に無関係な者が近づくのをシェーディがひどく嫌っていることを再認識しただけだ。それはかれらが出会った〝宇宙のごみ捨て場〟、惑星エクリットでもそうだったし、その後もシェーディはかれ、ライニシュが《タルサモン》を訪れるのを頑《かたく》なに拒んでいる。シェーディは〝近よりがたい男〟というイメージをみごとに維持していた。

ライニシュはシェーディとコンタクトする前に、未完成のピラミッドの司令センターにいるファラガのもとを訪れたのだった。

ライニシュがいう。

「きみもハトゥアタノの役にたつチャンスがあるかもしれないな、ファラガ」

「不公平ですよ、ライニシュ」ナックの人工音声には悲痛な響きが感じられた。「わたしは五段階の衆のために全力をつくしています。ただ、ナックである以上、できることはかぎられています。ほかのハトゥアタニのような華々しい活躍はできないんです」

「ナックである以上、ほかの者たちにはできないことができるはず。必要があれば、また話しあおう」

ライニシュはとりあえずそうほのめかすにとどめた。ファラガをどう使うのがいちばんいいのか、まだ決めかねている。ただ、ナックがほかのだれよりも同族とうまくやっているとは思っていた。

「シェーディについてなにか報告はあるか？」ライニシュは話題を変えた。

ファラガは答えて、アラスカ・シェーデレーアはきわめて忍耐強く、ひかえめで、注意をひくようなことはなにもなかったと断言した。

ライニシュは内心で悪態をついた。ファラガと話していると……まるでナックが次元バリアで隔てられているかのように感じる。それほど近よりがたく、とらえどころがない。近くにいながら完全に隔絶していると感じる相手は、ファラガのほかにはいなかった。

だが、アラスカ・シェーデレーアの居室を訪れたとき、ライニシュはその感想を修正せざるをえなかった。自分を守るための壁をつくることにかけて、シェーディはナックにも劣らなかったから。

「きみは変わらないいな」挨拶をすませたライニシュがいった。「むしろいっそう無口で内向的になったようだ。どうしてそうなった、シェーディ？」

「退屈していたからだろう」と、アラスカ。「狩りはどうなっている、ライニシュ？」

「こんどは仕留めてみせる。ロワ・ダントンとロナルド・テケナーは死んだも同然だ」

「がんばれ、としかいえないいな」アラスカは曖昧《あいまい》な笑みを浮かべた。ライニシュはテラナーにすべてを見透かされているような気がした。アラスカが言葉を継ぐ。「きみはプライドが高すぎてわたしの支援をもとめようとしないが、いってくれればいつでも手伝おう」

「いや、けっこうだ！」ライニシュがきっぱりと断る。「またあとで」

かれはそれ以上なにもいわずにアラスカの居室をあとにした。アラスカが翻意《ほんい》するのを待っていたのだが、むだだったようだ。

頑固なゴリムめ！　と、胸の内で毒づく。

かれはエメット星系に飛ぶ前にプシカムでファラガとコンタクトし、最新の状況がわかるよう、ハイブリッドからあらゆる情報を聞き出しておくよう指示した。

知りたいことにはシオム星系の生命ゲームの現状だけでなく、十二名の進行役の登場とイジャルコルの出発というクライマックスで幕を閉じた、戦士会議のこともふくまれている。

ライニシュはファラガが指示にしたがっていることを確認したあと、ハイブリッドのもとに向かった。

＊

〝エスタルトゥの両性予知者〟のことを耳にしたライニシュは、自分の未来を予知させるため、ぜひ手にいれようと決めていた。

当時はまだそれが植物と知性体が共生するハイブリッドだとは知らなかったが……いまはもう、いろいろとわかっている。

かれが確保したハイブリッドには予知能力があるわけではなく、確率的な未来を一種の神託として告げる存在だということも。また同時に、暗い過去の秘密を暗示的に示唆《しさ》することも。

もうひとつ明らかになったのは、神託世界にして巨大ハイブリッド群の故郷である衛星マジュンタは進行役に支配され、永遠の戦士が足を踏みいれていないということだった。進行役がハイブリッドを独占し、同志以外を近よらせないようにしているということ。

また、最近の状況を見ると、進行役と永遠の戦士は同じところをめざしているわけではないらしい。進行役が指示を出し、永遠の戦士が実際の作業に従事している印象がある。つまりどういうことだ?

ライニシュはハイブリッドにその答えをもとめた。ハイブリッドの共生体がゴリムではなくガヴロン人ならよかったのだが……それをいってもしかたがない。シェーディがかれのために選んだものなのだ。

ライニシュは小庭園でハイブリッドの前に立ち、思念を集中して話しかけ、注意をひこうとした。ハイブリッドが反応するまで、何度もくりかえさなくてはならなかった。

〈聞こえます……見えます……質問はわかりました……〉

「では、教えてくれ。永遠の戦士は今後どうなるのか。進行役、つまりしっぽのある小型プテルスならだれでも、永遠の戦士の地位にあるプテルスに命令できるのか? 永遠の戦士は十二名しかいないが、進行役はたくさんいる。どちらもプテルスの子孫であるこの両者はどういう関係なのだ?」

すぐに答えが返ってきた。

〈戦士と進行役は馬と騎手のようなものです。永遠の戦士が馬で、進行役が手綱を握っています。これはつねにそうでした。五万年前からずっと。これからも変わらないでしょう。ただ、しっぽのあるプテルスがたくさんいるというのはまちがいです。進行役はエスタルトゥの力の集合体を管理するのに必要な数しか存在しません〉

「進行役が命令していると永遠の戦士が知ったことで、いまの秩序が変化することはほんとうにないのか?」

こんどはハイブリッドが答えるまでにしばらく時間がかかり、内容も最初の答えほど明確ではなかった。

〈進行役が戦士のなかの戦士であるソトを管理する場合、それは十二体のなかの一体の権利になります。この現状の変更は不可能ではありませんが、それには進行役と永遠の戦士がそろって現状を認識する必要があります。いまの秩序をつくった進行役が、みずからの権力を放棄しなくてはならないということ。そうすればあらたな秩序が生まれます。馬と騎手がひく馬車ができるわけです。とはいえ、御者が永遠の戦士になるかというと、その可能性はごくちいさいでしょう。戦争崇拝にとって困難な時代がやってくる

……〉

ライニシュはさまざまに質問を重ね、未知の第三勢力の名前を聞き出そうとした。だが、ハイブリッドも具体的なことは知らなかった。過去についての知識をもとに、未来を推論しているだけだから。

せめて一点だけでも確認しようと、ライニシュはみずからひとつの名前をあげた。第三勢力とはネットウォーカーのことかと質問したのだ。ハイブリッドはそれを否定し、かれを安心させた。

〈御者はネットウォーカーの組織が設立されたのと同時期に、その善良さが知れわたった者になるでしょう。ふたつの思想は源流を同じくしながら、これ以上乖離《かいり》できないくらい、まったくのべつものになっています〉

「ネットウォーカーが権力を掌握《しょうあく》できなかった場合、かれらの未来はどうなる？」ここまでの部分的な回答に満足したライニシュがたずねた。

〈ネットウォーカーに未来はありません！〉ハイブリッドの確固とした答えが返ってきた。

「なぜそういう結論になる？」と、ライニシュ。

〈さまざまな可能性が存在するものの、ネットウォーカーにとってはどれも袋小路です。最近、未来を決定づける重要な出来ごとがいくつかありました〉

ライニシュはどの出来ごとが運命を決定するほど重要だったのかたずねてみたかったが、経験上、答えが得られないことはわかっていた。ハイブリッドから明確な答えを引きだすには、キイワードを見つけるか、一連の概念から連想を導く必要がある。

こうしていり組んだ長々しい問答がはじまった。ライニシュはその最終段階で、徐々に目的に近づいているのを感じた。

やがてついにハイブリッドが、キイワードはプシオン的な〝エスタルトゥの奇蹟〟だと認めた。ライニシュはすぐにある奇蹟を思い浮かべたが、あえてべつの奇蹟をあげていった。

「アブサンタ＝ゴム銀河の〝不吉な前兆のカゲロウ〟はどうだ？」と、たずねたとき、かれは大きな驚きに打たれた。ハイブリッドの精神の声がこういったのだ。

〈アブサンタ＝ゴムのカゲロウは混乱しています。その責任は永遠の戦士グランジカルにも進行役にもありません。また、ネットウォーカーがカゲロウをきわめて不吉なものにしたわけでもなく……ああ、見るからに悲しくなります。世界のカタストロフィが……滅亡が！　メネ・メネ・テケル・ウパルシン！　メネ・メネ・テケル・ウパルシン……〉

ライニシュは自分がなんらかのかたちでハイブリッドをジレンマに追いこんでしまったことに気づいた。話題を変えようとしたが、相手は同じ四つの単語をくりかえすばかりだ。ヴィーロ宙航士の言語……ライニシュはいちおう習得している……としても意味をなさない。

精神の声はますます大きくなり、苦しげになっていく。侏儒のガヴロン人はこのわけのわからないヒステリーで、ハイブリッドが発狂してしまうのではないかと思い、ぞっとした。

だめでもともとの思いで、アラスカ・シェーデレーアに助けをもとめる。数分後、シェーディがやってきた。かれは〝呪文〟を一度だけ聞いて、ライニシュにたずねた。

「ハイブリッドがこうなったきっかけはなんだったんだ？」

「アブサンタ＝ゴム銀河の〝不吉な前兆のカゲロウ〟についてたずねた」と、ライニシュ。

「〝不吉な前兆《メネテケル》〟という言葉の由来を知らないから、正しい質問ができなかったのだ」

アラスカはそういって、説明をはじめようとした。

「説明はいい！」ライニシュが叫んだ。「とにかく、ハイブリッドが発狂しないようにするんだ」

アラスカは花に向きなおり、まず、その魔法の呪文のような言葉をくりかえした。ハイブリッドの精神の声がいきなりとまった。アラスカがたずねる。

「権力の日々が数えられるのか？」

〈ええ、そのとおり〉

「帝国は量られ、軽すぎたのか？」

〈そういうことです〉

「帝国は分かたれる？」

〈預言します。メネ・メネ・テケル・ウパルシン〉

ライニシュはハイブリッドがふたたびヒステリーにおちいるのではないかと心配したが、魔法の呪文がくりかえされることはなかった。

シェーディがたずねる。

「それで、数えて、量って、分かつ道具を操るのはだれなんだ？」

〈災《わざわ》いを引き起こすのは名前を持つ者ではありません。あらゆる陣営からやってくる軍団で、戦場では敵同士でも……知りもせず、望みもしないのに……ともに宇宙のカタストロフィにつながる作業に従事するでしょう。だからアブサンタ＝ゴム銀河のカゲロウは混乱しています。災いを予告しても、だれも注意をはらわない……肉体を探しもとめるふたりのほかは〉

「肉体を探しもとめるふたり？」と、シェーディ。ライニシュは興奮をおぼえたが、無関心をよそおった……いつものように。「数えまちがいではないのか、ハイブリッド？ひとりでは？」

〈ふたりです。肉体を失ったふたり〉

アラスカはしばらく無言でその場に立ちつくした。ライニシュは漠然と、ハイブリッドが伝えた内容がシェーディにとって重要なものらしいと感じた。

「どういうことだ、シェーディ？」テラナーに考える時間をあたえないよう、ライニシュがただちにたずねた。「ハイブリッドのいう〝肉体を失ったふたり〟とはなんなんだ？」

「人生ゲームを演出するふたりのことだろう」シェーディはそういい、うなずいた。

「ほかに意味があるとは思えない。そのふたりとアブサンタ＝ゴム銀河のカゲロウとの関係はわからないが」

「どうして肉体を探しもとめるのが一名だと思った？」ライニシュが疑わしげにたずねる。

「超越知性体は肉体を持たない存在だからだ」シェーディは主導権をとりもどした。

「ひとつの力の集合体に超越知性体は一体しかいない。エスタルトゥが帰還しようとしていて、それでカゲロウが混乱しているのだと考えた」

「たしかに説得力はある」ライニシュが納得したふりをする。「だが、なぜ、エスタルトゥの帰還が力の集合体の崩壊につながる？」

シェーディは同意するようにうなずいた。

「まったくだ。きみが理解できなかった呪文のようなものは、われわれの時代のはるか以前に記された聖典からの引用だ。バビロニア王ベルシャザルの支配の終焉を示唆している。〝不吉な前兆〟というのはそこから派生した言葉で、その意味はきみも知ってのとおりだ」

「アブサンタ＝ゴム銀河の〝不吉な前兆のカゲロウ〟が破滅をもたらすことはだれでも知っている」ライニシュが不機嫌そうにいう。「だが、ロワ・ダントンとロナルド・テケナーが災いの使者だといわれても、意味がわからない」

「わたしがハイブリッドにたずねてみようか？」と、シェーディ。

「いいからわたしにまかせておけ！　もう行っていいぞ、シェーディ！」

ライニシュは長身瘦軀《そうく》のテラナーがいなくなるのを待ち、ふたたびハイブリッドに向きなおった。

　両ゴリムが生命ゲームの演出をすることでネガティヴな影響はあるかとたずねたが、返ってきたのは滅びたゴリム言語の奇妙な呪文だけだった。

　結局あきらめて、べつの質問に切りかえる。

「この生命ゲームを妨害するのに、できることはなんだ？」

〈可能性はいろいろあります。問題は、それによってなにを達成したいかです〉

「妨害してもカゲロウの混乱が大きくならないようにしたい」と、ライニシュ。

〈カゲロウとの関係で影響はありません……ゲームがこのまま開催されても、まったく開催されなくても〉

「それはうれしい答えだ」ライニシュが満足そうにいう。「状況はわかっているはず。きみはデータをすべて知っているのだから。だが、ひとつ知らないことがある」ライニシュは一拍置いて、あるトリックを使うことにした……ハイブリッドに統合されている女性たちが感情に左右されるかもしれないことを考慮して。

「ロワ・ダントンとロナルド・テケナーがこの生命ゲームを演出するなら、失敗しなくてはならない。その場合、あらためて永遠の戦士イジャルコルの怒りを買うだろう。すくなくともトシンに落とされることになる。そうならないためにはゲームの開催を阻止し、ふたりが失敗の責任を負わないようにするしかない。これを実現するのに、どんな可能性がある？」

〈この状況でゲームの開催を阻止し、だれも責任を負わないようにする方法はひとつしかありません。基本的には、オファラーの名歌手が役割をはたせないようにする必要があります〉

「どうすればいい？」

〈かんたんです。百三十万名のオファラーの一部が、イジャルコルの衛星に到達できなければいいのです。四分の一程度のオファラーを、紋章の門でふたつのべつの目的地に移送するだけです。当然、これにはナックの協力が不可欠です。あなたにはファラガがいますし、ナックがべつのナックの願いを無下にすることはありませんから、むずかしいことではないでしょう。ナックにはだれも手出しできませんから、イジャルコルがかれらを罰することもありません……〉

……だれかがふたりの演出家に責任を負わせないかぎりは、とライニシュは思った。

〈よからぬことを考えていますね！〉かれの思念を読んだハイブリッドの精神の声がいった。〈本音はどうなのですか？〉

「本音も建前もない」ライニシュは上機嫌だった。「だが、いわれたとおりにやってみよう」

花がたちまちのうちにしぼみ、全体が枯れ草のようになる。

ハイブリッドはもうなにもいわない。

ライニシュは生命ゲームの妨害計画に協力させるため、ファラガのもとに向かった。

5

アラスカ・シェーデレーアはライニシュがひとりでハイブリッドと話すためにかれを追いはらったことなど、気にもしていなかった。デメテルも、ジェニファー・ティロンも、三名のシガ星人も、なにをすべきかわかっている。かれらがたよりになることには確信があった。ライニシュが適切に質問すれば、ハイブリッドは正しい答えを返すはず。

アラスカに不安はない。ただ、べつのことがかれを悩ませていた。

ハイブリッドがいっていた〝肉体を失ったふたり〟と、アブサンタ＝ゴム銀河の〝不吉な前兆のカゲロウ〟のことだ。

ライニシュに対しては、まず超越知性体エスタルトゥかもしれないといい、次にロワ・ダントンとロナルド・テケナーを引き合いに出して、ごまかすことができた。侏儒のガヴロン人は困惑していたようだ。とはいえ、アラスカも正しい答えにたどりつけずにいた。

かれもハイブリッドの言葉を完全に解明できるわけではないのだ。

ひとりでじっくり考えようと居室にもどり、背後でドアが閉まった直後に、閉じこめられていることに気づいた。居室から出ることができない。ざっと見たところ、システムがすべて停止しているようだ。外部との通話もできない。完全に孤立していた。

ライニシュの疑念を招いたのか？　侏儒のガヴロン人はつねにかれを疑っていたが、一方で興味も持っていて、かれがハトゥアタニたちに気にいられるよう配慮してもいた。

あまり気にしないことにして、寝椅子に横たわり、考えをめぐらせる。

なにをどう考えても、ハイブリッドのいう〝肉体を失った者〟とはテスタレのことだろう。

だが、ふたりめの〝肉体を失った者〟とはだれのことだ？

個体ジャンプ中にテスタレとコンタクトしたネットウォーカーのだれかを指しているなら、ハイブリッドの誤解ということになる。ネットウォーク中は代謝がプシオン情報量子のなかに溶解して、擬似的に肉体を失っているだけだから。だが、アラスカにはそんな単純な話だとは思えなかった。

ふたりめがだれなのかという疑問はとりあえず棚あげにする。

じつのところ、テスタレが〝不吉な前兆のカゲロウ〟の秘密を調べていることには、もっと早く気づいているべきだった。テスタレはすでに一度、カゲロウと危険な出会い方をして、あぶなく吸収されてしまうところだった。

そんな運命をたどったネットウォーカーは以前にも数名いたが、テスタレの場合はすこし事情が違っていた。あのとき、肉体を失ったカピンとアラスカははじめて、アブサンタ＝ゴム銀河のカゲロウが混乱していることに気づいた。まるで戦士グランジカルがかれらを標的に攻撃をしかけてきたかのように、アブサンタ＝ゴム銀河の奇蹟がネットウォーカー全体に対する攻撃であると感じたもの。

やがて……ナックのファラガの態度やハイブリッドの情報から……明らかになったのは、カゲロウの動きが戦士グランジカルの制御下にないということだった。カゲロウが暴走しているといってもいい。

このプシオン兵器が銀河系制圧に使われるのではないかという疑念も誤りだとわかった。戦士ペリフォルの艦隊はかれの故郷銀河に向かっていたから……〝番人の失われた贈り物〟とともに。

アラスカは疑念の無限連鎖におちいらないよう、考えをまとめる必要に迫られた。もう一度ハイブリッドに質問して、テスタレがアブサンタ＝ゴム銀河にいることをどこで知ったのか、たしかめたいくらいだ。

第二の〝肉体を失った者〟とはだれなのかも。

「おい、シェーディ、夢でも見てるのか？」ライニシュの声にはっとする。驚いて顔をあげたが、侏儒のガヴロン人の姿はなかった。ホログラムさえ表示されていない。「挨拶をしておきたくてな。また狩りに行ってくる。ことが終わったら、またこのオムファロスで会おう。待っていてくれるな？」

「こちらに選択肢があるとでも？」と、アラスカ。「わたしは捕虜ではないか」

「そんな見方をするな、シェーディ」ライニシュがなだめるようにいう。「じゃまをされたくないだけだ。きみのせいで迷信を信じたくなっている。きみが不幸をもたらしているのだとね」

「この宇宙の邪悪なものすべてがきみにとり憑《つ》けばいい」

ライニシュは笑って別れを告げ、通信を切った。

アラスカはふたたび意識を集中しようとしたが、糸口を見失ってしまっていた。思考が堂々めぐりしている。

テスタレ……〝不吉な前兆のカゲロウ〟……どんな災難の前兆だ？　なにがカゲロウを暴走させ……ハイブリッドが〝不気味な存在〟というファラガはどこまで関与しているのか、いいかえれば、かれはハイブリッドをどんな利己的な目的に利用しようとしているのか？　〝あらゆる陣営からやってくる軍団〟が〝宇宙のカタストロフィにつながる作業に従事する〟という預言はどういう意味なのか？……アトランとエイレーネがドリフェルで経験したことが思い浮かんだ。ドリフェルが孵卵器であることは、もう秘密ではない。だが、実際のところ、コスモヌクレオチドはどの程度まで予測不能なのか…

…そして最終的に、そこからどんな未来が孵《かえ》るのか？

さらにそこにはアラスカの考えにますます強く影響をおよぼす事情があった。宇宙的な尺度でははかれない、全般的な問題にくらべればとるにたりない、かれの個人的な状況だ。

あらためて全システムを調べてみても、やはり居室に閉じこめられていて、外とは連絡がつかないことがわかり、落胆する。機能しているのは補給システムだけだ。衛生面や食事のことは心配ないが、脱出することはできない。

ネット・コンビネーションの技術装置を使ってなんとかしようとしたが、だめだった。いま使えるピココンピュータで通信システムに侵入し、封鎖コードを解除するのは不可能だ。オムファロスのシントロニクスをハッキングすることなど、夢想さえできなかった。

とはいえ、すくなくとも監視はされていない。放置されているというのは心安まることであると同時に、システムが死んでいることの証明でもあった。

だが、まったくなにもないわけではない。ネット・コンビネーションに統合されている測定装置が、最初は気づかなかった、ごく微弱なレベルの干渉を検知していたのだ。

そのプシオン性干渉源はあまりにも微弱で、どこか遠くの内部回線の反響のようにも思えた。だが、退屈しのぎに調べてみると、驚くべき発見があった。

居室を隔離している保安システムに穴があったのだ。アラスカはかすかに脈打つ誘導ビームを見つけ、位置を特定した。ピココンピュータをそれにあわせて調整し、ネット・コンビネーションのエネルギーで増幅する。

突然、かれは本拠地のシントロニクスの補助記憶バンクのなかにいた。そのあとにつづくプロセスは、とめることはもちろん、分析さえできない。短い接触インパルスが自動的に機能連鎖をひき起こし、一連の驚くべき結果をもたらしたらしい。

「おめでとう、きみはテストに合格した、シェーディ」ほかならぬナックのファラガの人工音声が聞こえた。「ライニシュに告げ口しなかったことで、きみは資格を得た。これでわれわれは仲間だ。きみが信頼に応えてくれることを期待する。わたしはライニシュに同行するので、このメッセージは簡潔なものになる。だが、きみは記憶バンクを利用して、必要な情報を自由にとり出すことができる。残念ながら、あのあとハイブリッドを救出する機会はなかった。きみはわたしの外部執行器官だ。ハイブリッドをライニシュの手から救い出さなくてはならない。かれはなにも知らずにハイブリッドを殺してしまうだろう。ほかのことは追い追いわかってくるはず。ハイブリッドを救うため、行動するのだ！」

夢でも見ているのではないかと思った。もう一度メッセージを呼び出そうとしたが、できなかった。誘導ビームは自動的に停止し、すべての回線が死んでいる。

アラスカがドアの前に立つと、ドアはすんなり開いた。

＊

通廊に出てネット・コンビネーションの周波数測定器を使うと、ふたたび秘密の誘導ビームを検知した。周波数はつねに変化しているようだが、受信機を同調させるのはかんたんだった。ピココンピュータを介して、アラスカが自由に使えるようファラガが設定した、シントロニクスの内部回線に安定して接続できる。

ナックがライニシュに反抗するにいたった動機はすぐにわかった。あまりにも異質なことを考えていたので、意図を見透かされてしまったのだ。アラスカと手を組んだのも同情からではない。必要に迫られて、便宜的《べんぎてき》にそうしただけなのは明らかだった。

突然、アラスカの前に軟体動物のようなものの群れがあらわれた。触手に似た偽足で踊るように通廊を進んでいく。アラスカは立ちすくんだ。身を守り、自由のために戦う覚悟を決める。だが、異生命体はかれにまるで注意をはらわなかった。

ファラガがプシオン的に使役《しえき》している奴隷にちがいない。自意識はなく、ロボットのように反応するだけだ。アラスカはかれらを無視して、障害物のように避けて通り、そのまま進んでいった。かれらが敵ではないとわかったので、オムファロスのなかならどこにでも行けるという確信が強まる。

アラスカは奴隷と出会ったのをきっかけに、ファラガがどこまで自分を信用しているのか、実験でたしかめてみることにした。

司令センターまでの道順はわかっている。ハイブリッドがいる地下の庭園施設への行き方も。反重力リフトを使い、なんの妨害もなく降下する。行く手をさえぎる者はおらず、道を遮断するものもなかった。まるで不可視のパーミットでも所持しているかのように、あらゆる障害がかれの前に道をあけるのだ。

最後のハッチにたどりついたときは、それも自動的に開くものと思いこんでいた。そのため、開かないハッチにぶつかりそうになった。手動でも、通信命令でも開こうとしない。

アラスカはシントロニクスの内部回線に接続し、ハッチの開閉メカニズムが反応するコードを調べた。だが、いくらやってもエラーメッセージが返ってくるだけだ。

〈くそ、ファラガ、ハイブリッドに近づけないのに、どうやって救出するんだ!〉と、絶望的な気分で考える。

制御センターに行って情報を得ようとしたが、そこでもやはり、ファラガの至聖所にはいることはできなかった。

ナックがいうほどかんたんなことではないらしい。アラスカはなにが起きても自分の身を守る必要があることを理解した。

ナックの身になって考え、その考えをなぞってみようとする。だが、当然、それは最初から失敗するに決まっていた。

「ほかのことは追い追いわかってくるはず」と、ナックはいっていた。アラスカはため息をついて現状を受け入れ、うろついている奴隷にじゃまされない区画にもどり、利用可能なシントロニクス記憶バンクに接続した。

かれにしてみれば面倒で時間ばかりかかる、厄介な作業だ。だが、すぐにそうでもなくなった。このやり方でわかるのは、ハイブリッドがどんな情報源から黙示録的な預言を得ているのかということだけではない。ファラガのこともいくつか判明したのだ。五段階の衆の目的とも部分的に一致する、かれ自身の目的や動機はなんなのかということが。

ただ、アラスカが入手した記録は科学的に正確なデータというわけではなかった。優先順位も論理性もない、ただの項目の羅列だ。

むしろそれは非正統的で異質な考え方をする存在が一種のサイコグラムを構築し、部外者、つまりアラスカに、使用上の注意を提供する試みに思えた。

アラスカは自分のピココンピュータからシントロニクスにあらゆる材料を送り出し、さまざまな断片をパズルのピースのように組みあわせられるのではないかと期待した。

こうした未整理の記録のほかに、記憶バンクには従来から使われている図面類も保存されていた。それならアラスカも理解できる。かれはその種のホログラムの図面をネット・コンビネーションのシントロニクスに保存した。各パーツを組みあわせ、完成した3Dプロジェクションをあらゆる方向から眺めて、驚きのあまり言葉を失った。

ハイブリッド庭園にはいれない理由がわかった。庭園は密閉された、自給自足するシステムを有する物体の一部……大重力のかかった、重力エンジンとエネルプシ・エンジンをそなえた宇宙船だったのだ。

秒読みはすでにはじまっていた。スタート時刻は銀河系の暦で十四日後に設定されている。たぶんファラガはハトゥアタノの任務から帰還する時期にあわせたのだろう。秒読みをとめようとしたり、力ずくでハイブリッドに近づこうとしたりすると自爆装置が働いて、オムファロス全体が核爆発を起こす。原始的だが効果的な保安対策だ。

アラスカはこの状況をどうするか、ハイブリッドを救出するにはどうすればいいかを考えた。その答えは次の言葉でしめされた。

〈《オムファロス》は軌道上で、船長のために開かれる。それ以上の指示は船内にある〉

〝船長〟と名指しされたアラスカは、まだあと二週間あることから、《タルサモン》を預けてあるネットウォーカーの基地に飛んで、イルミナ・コチストワとコンタクトすることにした。

アラスカは妨害されることなくオムファロスからぬけ出し、ネット・コンビネーションの個体バリアを展開して、扁平なレンタル宇宙船《サイラム》に乗りこんだ。スタート時にはかすかな不安をおぼえた。だが、やはり妨害はなく、《サイラム》が充分な高度をとったとき、タロズの防衛システムが反応していないことに気づいた。かれはファラガに感謝すると同時に、その信頼を裏切ることになるとわかっていたため、申しわけない気分になった。それでも、いつかべつのかたちで恩を返せるだろうと自分にいいきかせた。

＊

ネットウォーカーの基地はすべて同じかたちをしている。四本指の手、あるいは歯が四本の櫛のようなかたちだ。全長は百五十メートルある。種類はふたつで、ひとつは惑星上に設置されてその地の環境に適応し、もうひとつは真空の宇宙空間に配置される。どちらもいくつかの優先路が通る、強力なネットノードになっている座標に位置している。

アラリー・ステーションは後者のカテゴリーに属し、エメット星系から三・五光年ほどの、周囲になにもない宇宙空間に浮かんでいる。いちばん近い通常路でも数光時はなれているため、比較的発見されにくい。

アラスカは基地に到着すると、すぐに情報記憶バンクをチェックした。テスタレからのメッセージがないかと期待したのだ。だが、期待は裏切られた。

そのあと三通のメッセージをのこす。

一通めは一般的な、全ネットウォーカーに宛てたものだが、とりわけ惑星サバルにいる友たちを意識していた。内容は、ライニシュが餌に食いつき、必要な数のオファラーの歌手がシオム星系に到着しないよう全力をつくすだろう……確証はないが、というもの。

二通めはイルミナ・コチストワ宛で、全ネットウォーカーに対し、このメッセージをメタバイオ変換能力者に転送してもらいたいとの要請を付している。イルミナに対しては、二週間以内に医療船《アスクレピオス》でアラリー・ステーションに赴き、デメテル＝ジェニファー・ハイブリッドを迎える準備をするようもとめている。

三通めの宛先はテスタレだった。アラスカは肉体を持たない友に、〝不吉な前兆のカゲロウ〟に関与する前にかならず自分に連絡するようにと念を押した。自分がまったくの無知ではないことをパートナーに知らせるため、また、かれの好奇心をかき立てるため、質問をつけくわえる。もうひとりの〝肉体を失った者〟とはだれのことだ？

そのあとは長い待ち時間を覚悟していた。かれはまもなく開かれる生命ゲームの公式ニュースを見てひまをつぶした。

〝永遠の戦士イジャルコルを称える千年紀に一度の大イヴェント〟をくりかえし報じる無数の地域放送局にくわえて、メディア・プールはいわゆる〝エスタルトゥ周波数〟でほぼ一日中、生命ゲーム関連の出来ごとを報じつづけている。

おかげでアラスカも、オファラーの歌手百三十万名がすでにシオム・ソム銀河の大型凪ゾーンのはずれにある惑星エルロアクトムに集まっているのを知ることができた。

かれらはその惑星の紋章の門の前にある紋章広場に集められ、高さ千五百メートルのサルコ門を見あげる、全高百メートルの十二名の永遠の戦士の像にかこまれていた。門は石器時代の巨石遺構のようにそびえ立つ、幅広い渓谷のなかの飾り気のない一枚岩だった。唯一の装飾はエスタルトゥの三角形のシンボルのかたちをした、七重の紋章の印が刻まれた王冠だった。

長々とした説明がつづき、ゲームプランナーと音響監督がオファラーの健康にどれだけ配慮し、適切な音響効果にどれだけ気を配り、プシ能力をそなえた歌手たちの歌の練習のために、どれだけ理想的な環境をととのえたかが詳述された。曰く……「ナムビク・アラ・ワダの百三十万名の歌手それぞれが、個別練習のため、個室と独立したスタジオを必要としていました。そのために技師たちはフォームエネルギー・プロジェクターを駆使し、とても不可能と思えたことをやり遂げて……」

もちろん、イジャルコルを称え、生命ゲームの参加者を募る機会が見逃されることはなかった。イジャルコルのプロジェクションにはありとあらゆる外観のものがあり、これは〝すべての種族にかれらのイメージにあう、昔から語られてきたイジャルコルの姿を〟というモットーのせいだった。

シオム・ソム銀河の守護者が暗黒空間に向かい、惑星エトゥスタルで〝エスタルトゥはもうここにはいない〟という噂を調査していることは、いっさい触れられることがない……

一日中つづく放送時間を埋めるため、またプログラムに変化をつけるため、本来ならとるにたりない、戦争崇拝のヒエラルキーのはるか下層にいる戦闘員までが紹介され、脚光を浴びた。ただ、ゲームを演出するふたり、ロワとロンが表舞台に立つことはないに等しかった。一度だけ映像の背景にちらりと姿がうつったのと、名前が表示されたのがすべてだ。

まるで演出家がゴリムなのを恥じているかのようだった。かれらがかつてオルフェウス迷宮の囚人だったことにはまったく言及がない。オルフェウス迷宮にいるのは怪物だけで、エスタルトゥの住民が追放され、変身させられたりはしていないことになっているから。そこにいるのは容赦なく追いつめられ、仮借なく殺される獣だけ……

一度、サルコ門の門マスター、ナックのイスノルが紹介されたとき、アラスカは背景に一瞬だけうつった、パレード衣装を着用した侏儒のガヴロン人の姿を見つけていた。

その衣装のせいで、ライニシュだったのかどうかは判然としない。ただ、その男はカメラを避けているように見え……うつっていることに気づいた瞬間、エルロアクトムの法典守護者であるソム人の樽のような胸のかげにかくれたので……どうやらほんとうに五段階の衆のチーフだったようだ。

アラスカがこのひまつぶしで得た結論は、サラアム・シインひきいるオファラー全員がサルコ門に集められ、シオム・ソム銀河への転移を待っているということだった。

うれしいことに、イルミナ・コチストワからようやく連絡がはいった。ミュータント部隊以来の古参である彼女は、ハイブリッドを《アスクレピオス》に迎え、彼女の手腕で治療するのが待ちきれないようだった。アラスカが現状を説明すると、いまは辛抱強く待ちつづけるしかないと思ったようだが。

「ナックのことをどう思う？」アラスカがいきなりたずねた。

「ナックのことを判断するには自分がナックになるしかないでしょうね」と、イルミナ。

「一ナックの日記のようなものが手もとにあって、どうやらかれがわたしのために、特別に書いたものらしい」アラスカがいった。「聞きたいか？」

＊

わたしは知らない土地の異生命体だ。

目も見えず、口もきけず、耳も聞こえない。

わたしは静寂と暗黒の海に生きている。

なにかを見るには冷たく不快な道具を使わなくてはならない。だが、それで見えるものは見るに値いしない、わたしにとっては異質で不可解なものでしかない。そんなものを見るなら、見えないほうがましだ。

なにかを話すにも同じような道具が必要だ。それでも望んだとおりに言葉を操れるわけではない。

聴音装置を使って聞いた音を真似ているだけだ。

なんと冷たく、敵対的な世界だろう。

わたしは明らかにこの世界の子供であり、自分にこうたずねずにはいられない。なぜわたしはこの世界で……生きて……幸せになれないのか、と。わたし自身が変化して自分の世界で異物になってしまったのか、それとも世界のほうが変化してしまったのか？

前兆はあった。遠い過去の……五万年前の……こと、カタストロフィが……そこまではないとしても、世界の再構成があった。わたしにとって異質な世界の言葉では〝プシ定数の変化〟と呼ばれている。

これはわたしが使うしかない言語としては適切で、その表現はわたしを苦しめる。プシオン的と呼ばれる領域は、わたしが唯一心安らげるところだから。わたしはそこでは生きられない……たぶんもうだめだろう……けれど、そこから伝わってくるイメージと響きは、わたしにとって整然とした、美しいものだから。

なぜそんなふうに感じるのだろう？

意図的な遺伝子操作、制御された突然変異のせいか？　奴隷を繁殖させる権力が恣意的に才能をあたえ、そうすることで紋章の門を調整し、〝番人の失われた贈り物〟を交換し、エリュシオンのリングを回転させているのか？

わたしはいいたい。この不快な言語でいいあらわすのは考えるよりもむずかしいが、いわなくてはならない。この権力に縛られる気はない、と。

だが、わたしがべつの領域から、そのイメージと響きをとてもなじみ深く感じるプシオン領域から、この冷たく敵対的な世界にきたのだとしたら？　それはこの権力にそそのかされたからとしか考えられない。

その答えは過去に、ほかにもさまざまなことがはじまった時間の流れのなかの一点にあるはず。わたしの運命は宇宙的に重要なそれらの出来ごとと結びついている。

わたしが仕えているように見えるのは、この一権力だけではない……わたしはそれに仕えているが、陰謀にはもう加担していない。もうひとつべつの権力があり、わたしには敵に思えるものの、だれが味方でだれが敵なのか、とっくにわからなくなっている。この世界でうごめくものはすべてが敵だから……どちらの敵意がよりちいさいか、天秤《てんびん》にかけるだけだ。

慣れ親しんできた環境にも変化がはじまっている。

活動してみるといい……不快な言語でいう〝紋章の門〟で。指示者にとって重要なものも、音響監督にとっては意味がない。かれはプシ鍵盤を奏でる楽器の名人のように、音楽を聴き、映像を楽しむだけだ。そこから伝わる善、真、個といったものがイメージと響きをひろげていく。わたしが使う言語にはこうして創造されたプシ芸術を描写する力がない。

わたしが同等の者としか話をしないのは、この言語理解の障壁があるから……ある媒体が……共鳴体があって……わたしはそれが……ドリフェルと呼ばれるのを聞いた……どうやらこの振動増幅器は……コスモヌクレオチドという醜い名前でも呼ばれていて……わたしは自分を見失いかけているが、いっておきたい。この増幅器からの振動はこの世界では空洞空間であり、つねに異質で、ますます調子が狂っていく。

ドリフェルが変形しているのか、それともわたしがますます疎遠になっているのか？

わたしが定めた秩序にしたがわなくなった〝不吉な前兆のカゲロウ〟はどうか？権力がアブサンタ＝ゴムと名づけたあの星々の集まりには、わたしがこれまで維持してきたカゲロウの群れを混乱させるなにかがある。

プシオン領域で重要性を持つなにかが。それもまたこの、わたしが見聞きする、わたし自身がコンタクトできる、この世界の一部なのだ。そのなにかはそこに居すわり、さらに多くをもとめている……空間を……場所を……体積を。それは濃密になり、滞留し、この世界のせまい空間に充満する。補助装置がなければ目も見えず、口もきけず、耳も聞こえないわたしがとどまっている、この世界の空間に。

なにを企み、なにを溜めこんでいるのか？

だれがこの、カゲロウの秩序を乱す危険な塊りを貯蔵している？　わたしはもう目眩《めまい》と恐怖を感じることなくアブサンタ＝ゴム銀河を見ることができない。

アブサンタ＝ゴム銀河でなにかが起きている。

戦士もゴリムも、だれも答えることができなくても、ハイブリッドは助言ができる。答えを持っていて、そのはじまりに関する情報を知っている。

ハイブリッドなら、わたしが何者なのか教えてくれる。

わたしがどちら側に属しているのかを語ってくれる。

わたしは自分のことだけを話しているが、わたしの同族もここにともにいる。わたしの問題は同族すべての問題なのだ。

＊

「この記録、ネットウォーカーに教えないわけにはいかないわ」録音を聞いたイルミナがいった。

「混乱を招くだけのように思えるが」アラスカは反論したものの、結局はイルミナの言葉にしたがい、〝一ナックの日記〟をネットノードに記録させた。

そうこうするうちに《アスクレピオス》はアラリー・ステーションをはなれ、タロズの周回軌道にはいった。アラスカがオムファロスと命名した、未完成の紋章の門の真上だ。

アラスカの計算では、二週間前にはじまった秒読みはあと数分で終了する。そうなればファラガがハイブリッドをつつみこむように構築した宇宙船がスタートしてしまう。

イルミナはアラスカに、スタートの瞬間を待つのではなく、すぐに救出作戦にとりかかるべきだと主張した。ライニシュかナックが早めにもどってきたら、チャンスが失われてしまうから。だが、アラスカは彼女を説得し、それではハイブリッドを救出する可能性がないことを理解させた。

さいわい、イルミナの心配は現実にならなかった。受信機をエスタルトゥ周波数にあわせると、オファラーの歌手はまだエルロアクトムにとどまっているが、「才能あふれるオファルの合唱団はいつシオム星系に移動を開始してもおかしくない」ことがわかった。

ライニシュとファラガもそれを待たなくてはならないということ。アラスカはできることなら、ハイブリッドがライニシュをうまく計画にとりこみ、ナックのファラガがライニシュの命令にしたがっていることを確認したかった。だが、ことの性質上、確実なことは知りようがない。

「あと数秒よ。ナックがあなたを騙していないなら」イルミナがいった。

その言葉が終わるか終わらないかのうちに、《アスクレピオス》の計器がタロズの地表に突然のエネルギー爆発をとらえた。未完成の紋章の門がそびえている、まさにその場所だ。

遠隔探知の結果、大爆発によってモニュメントは吹き飛ばされ、周囲に瓦礫《がれき》が散乱しているのがわかった。ひとつだけ、爆風に飛ばされたのではなく、反重力で垂直に上昇している物体があった。

やがてその物体の正体が判明。高さ百メートルの五角形ピラミッドだ。急激に高度をあげ、ついには重力を振り切って惑星周回軌道に乗る。

イルミナは円錐型の《アスクレピオス》をピラミッド船に向けた。相対速度をあわせ、両船の船首が触れあいそうになるまで接近する。

そのあいだにアラスカは船首カプセルに移動した。かれの合図でイルミナが、同じく円錐型の搭載艇を切りはなす。

「まちがいなくやれるの、アラスカ？」メタバイオ変換能力者がテレカムで確認する。

「この搭載艇には必要な装備がそろっている」アラスカはそう答えながらもピラミッド船のまわりを飛びまわり、計器から目をはなさない。やがてなかばくらいの高さに、探していた三角形の部分のひとつを発見。「貨物ハッチを見つけた」そう報告して、搭載艇をハッチに近づける。「開扉メカニズムが反応してくれるといいんだが」

搭載艇の円形の底部がいまにもピラミッド船の外殻に触れそうだ。一般的なエスタルトゥ周波数で名前と身元を告げると、ハッチが開いた。《アスクレピオス》のカプセルがエアロックにはいる。後方で外扉が閉じ、やがて気圧が均等になると内扉が開いた。

「やったぞ！」と、報告し、ハイブリッドがいる人工庭園に向かう。花が枯れているので、茎に絡みついたようなふたりの女性の姿がよくわかった。

「デメテル！　ジェニファー！」と、外部スピーカーで呼びかける。「わたしだ、アラスカ・シェーデレーアだ。連れもどしにきたぞ。イルミナもいっしょだ。彼女がきみたちを解放してくれるはず」

ハイブリッドは意識がないらしく、返事はなかった。かわって自動再生の音声がスピーカーから流れ出した。

「ようこそ、シェーディ。まもなくファラガが事前にプログラミングした目的地に向けてスタートする」

「うまくやれる、アラスカ？」すべて聞いていたイルミナがテレカムごしにたずねる。

「だいじょうぶだ」アラスカはエネルギー供給装置を手にとり、牽引ビームのスイッチをいれた。ハイブリッドのまわりをビームでぐるりとかこみ、土壌ごと持ちあげる。数センチメートル上昇したところで防御バリア・プロジェクターを操作し、ハイブリッドと土壌をつつみこんだ。

こうしてハイブリッドを運びながら、開いたままの内扉をぬけて慎重にエアロックにはいる。かれは防御バリアにつつまれたハイブリッドを搭載艇の外殻に固定した。

「外扉を開け！」と、テレカムで指示。内扉が閉じ、空気が吸い出される。だが、エアロック内が真空になっても外扉は開かなかった。

「外扉を開け！」と、くりかえしたが……やはり効果はない。

「閉じこめられた！」と、イルミナに報告。「ファラガはわたしをこの船から出したくないようだ。自動制御装置は乗船命令しか知らないんだろう」

「わたしがひっぱり出すわ」と、イルミナ。

「まずは穏当な方法からだ」アラスカが提案する。「乗船命令をくりかえさせることができるかもしれない。《アスクレピオス》でハッチのすぐ近くまでくれば開扉メカニズムが反応するはず。それでだめなら力ずくで解決するしかない」

イルミナは了解し、アラスカに接近機動の情報を伝えた。

外扉が開いた。搭載艇とハイブリッドが船外に出る。あとはハイブリッドにエアロックを通過させ、《アスクレピオス》に収容するだけだ。その程度は児戯に等しい。

アラスカがカプセルを《アスクレピオス》の船首に固定した直後、ピラミッド船《オムファロス》は速度をあげ、遠ざかっていった。

アラスカはイルミナにハイブリッドを託した。

「あぶなかった」イルミナが枯れかけたような植物株を調べながらいった。「急いで対処しないと。でも、もうだいじょうぶ。デメテルとジェニファーと三名のシガ星人はすぐにもとにもどせるはず」

「サバルにもどるのか?」

イルミナは首を左右に振った。

「この船内で手術するわ」

アラスカはアラリー・ステーションにもどった。《タルサモン》に乗りこむ前にシントロニクスをチェックする。

驚いたことに、メッセージがとどいていた。

内容を見る。

「テスタレからアラスカへ。心配ない、わたしは元気だ。カゲロウの秘密を追っている。協力者がいて、カゲロウの混乱の原因をいっしょに探究している。この協力者はきみの知らない者ではない。肉体に関してわたしと似たような問題をかかえている、エルンスト・エラートだ。すべてがうまくいけば、ふたりとも肉体を得ることができるだろう。すばらしいことだ。またすぐに会おう。テスタレ」

エルンスト・エラート……そしてテスタレ！

だからハイブリッドは〝肉体を失ったふたり〟といったのだ。

6

「門マスターのイスノルが会いたいそうです」ファラガが音声マスクごしにいった。

「ついてきてください、ライニシュ」

侏儒のガヴロン人はハトゥアタニと門マスターのイスノルとナック種族、そのすべてに対して悪態をついた。

この黒いナメクジどもは、自分たちをなんだと思っている？

かれらはときどき、まるでエスタルトゥの真の支配者であるかのようにふるまう。とるにたりない存在だというのに。特殊な能力があるから必要とされているだけの、一方的に命令される立場の者たちだ。たとえかれらがいなくても、紋章の門を使用することはできる。人員や貨物をほかの門に送るだけなら、紋章の門が動作する複雑なプシオン的プロセスを理解する必要はないのだから。

ナックは下働きにすぎない。感情のない、目も見えず、耳も聞こえず、口もきけないナメクジだ。会話・視覚マスクがなければなにもできない！

それなのに、門マスターのイスノルは傲慢だった。パーミット保持者であるかれ、ライニシュを丸一日放置して、ようやく会見に応じるとは。永遠の戦士でさえ、パーミット保持者にはもっと早く会おうとするはず。

ライニシュは惑星エルロアクトムでの時間のほとんどを、さまざまな演《だ》しものに主賓として参加してすごしていた。最初はそうすることであらたな人脈をつくり、ハトゥアタノのスパイになる者や情報を集めるつもりだった。それなりに努力すれば、協力者のひとりやふたりは勧誘できていただろう。だが、いまはオファルの合唱団にすべての注意を振り向ける必要があった。

ライニシュは焦っていた。歌手をシオム星系に移送する日は迫っていたが、サルコ門の門マスターであるイスノルからは、まだ協力の確約が得られていない。

ファラガはさまざまな逃げ口上《こうじょう》で門マスターを擁護したが、結局、イスノルは百三十万名のオファラーの移送という重大な任務の準備のため、瞑想にはいったということしか知らなかった。それだけの数の生命体を紋章の門で移送するには特別な精神力が必要だとでもいうかのように。

そして、ようやく、いよいよ移送が開始されるという日になって、イスノルと会えることになった。

ファラガがかれを案内したのは、ここに勤務するナックと高位の者たちしか立ちいれないサルコ門の内部エリアだった。惑星住民を採用した監視者たちもいる。エルロアクトムはソム人の居住惑星なので、監視者もシオム・ソム銀河の主要種族だ。

ファラガの通行を許可した監視者はナックに対する深い尊敬の念をしめした。一方、ライニシュがパーミットを提示したときは、表面的な敬意を見せただけだった。

エスタルトゥの力の集合体はなにかがおかしくなっている！　ライニシュはあちこちでこんな状況を見るたびに、その思いを強くした。いまこそ永遠の戦士が権力ヒエラルキーを復旧し、おかしな要素を一掃しなくてはならない。だが、進行役が挑発的な動きを見せはじめたいま、それが可能なのだろうか？

ナックを手はじめとして、法典に忠実な者たちにいれかえていかなくては。あのひとりよがりな虫けらどりども！

ライニシュはファラガの案内で制御センターにはいった。十数体のナックが黄土色の外骨格アーマーに身をかためて装置の前に陣取り、プシ感知能力のあるちいさなセンサー腕でそれを操作している。

中央には半円形の主制御卓があり、そのうえにシオム・ソム銀河の巨大凪ゾーンのホログラムが表示されていた。主制御卓の前には門マスターがナメクジの全能の支配者のようにどっかりとすわっている。

制御センターは専用の転送プラットフォームの上に吊るされたキャビンに位置し、受け入れ部も兼ねているらしい。大きな窓からは門ホールが見え、開口部が百メートルかける百メートルの、四本の連絡トンネルも観察できる。エネルギー性の滑走ベルト上には人員を横にならべるだけでなく、十層に積み重ねることもできた。

ただ、この方法は今回のような大規模な移送にのみ使われる。連絡トンネルはすでに動きだしているが、オファラーの姿はまだ見えなかった。

「偉大な瞬間だ」門マスターのイスノルが熱をこめていう。かれは二本の細い触手状のプシ触角で頭上のホログラムをしめした。二万の星系が色とりどりの光点で表示され、そのすべてが直線で結ばれている。「凪ゾーンを見てみろ、ライニシュ。実際には、そこはプシ的な死のゾーンではない。プシオン流があらたに形成されていて、いってみれば凪ゾーンは、最高のプシオン的秩序が支配している」

「残念ながら、わたしにはそれを知るための感覚がない」と、ライニシュ。「わたしにはその話をしても無意味だ、イスノル。わたしにとって紋章の門は、目的をはたすための道具にすぎない」

「だからあなたは哀れなのだ、ライニシュ」門マスターがいう。「わたしにとって、紋章の門はどれも宇宙的標識灯だ。秩序あるプシラインはすべて、たんなる幾何学構造ではなく、わたしには信じられないほど美しいパターンに感じられる。それが紋章の門の宇宙的標識灯と交差する点には無数のプシオン転轍機《てんてつき》が存在する。わたしはこれらの転輸機を操作して、乗客を門から門へと移送する」

「そのプシオン転輸機はどう設定されている？」ナックが言葉を切ったところで、ライニシュが口をはさんだ。

「もちろん、シオム星系に向かうようにだ」

ライニシュは怒りに圧倒されそうになった。

「ファラガからわたしの要望を聞いていないのか？」と、はげしくつめよる。「三十万名のオファラーはべつの場所に送れといったはず」

「ファラガとは徹底的に話しあった」門マスターが答える。「とにかく、仕事にとりかからせてもらいたい。オファラー移送の準備はできている。すぐにも転送ホールにはいってくるだろう。十万名から十五万名を一度に転送できると思うか？」

ライニシュは嫌々ながら答えた。

「一辺二百メートルの送り出しプラットフォームでは、小さすぎるように思う」

「きたぞ！」門マスターが返事のかわりにそういった。

ライニシュは思わず、四つの窓のひとつから転送ホールに目を向けた。最初のオファラーが連絡トンネルから滑り出てくる。

一列二百名ほどが何列も、立錐《りっすい》の余地もなく立ちならび……それが十層に積み重なっている。四本の連絡トンネルすべてが同じだった。数千名、さらにまた数千名と、次々に転送ホールに送りこまれていく。プラットフォーム上に形成されたプシオン性転送フィールドにはいった者たちは虚無に溶けるように消えていった。

「イスノルはなにかのトリックを使って、大量のオファラーを同時に転送させているようです」ファラガがいった。「プラットフォーム上に集まったところで転送するのではなく、流動的に次々と転送しているんでしょう」

「音声マスクごしだといかにも冷静に聞こえるな、ファラガ」イスノルが非難がましくいう。「だが、きみは門マスターではない。わたしは……」

「もういい！」ライニシュが門マスターの言葉をさえぎった。「哲学議論が聞きたいのではなく、結果が見たいのだ。きみはどう決断した、イスノル？」

「忍耐だよ、忍耐」と、門マスター。「第一陣の転送は完了した」

ライニシュが窓からのぞくと、転送ホールはふたたびからっぽになっていた。信じられないことに、わずか数分で十五万名のオファラーがシオム星系に移送されたのだ。すでに次のオファラーの歌手たちがトンネルから滑り出てきている。幅百メートルのなかにぎっしりとつめこまれ、十層に重なって。四つの大行列が転送フィールドに送りこまれ、虚無へと消えていく。

門マスターはこのありふれた経過に夢中になり、こうコメントした。オファラーがプシオン情報量子に変じ、あらたに形成されたプシオン流にそって魅惑的な円舞を踊っている……

ライニシュは忍耐力の限界をためされることになった。緊張のあまり、かれをこんな目に遭わせている門マスターへの怒りさえ忘れてしまう。

やがてイスノルがいった。

「これで百万名のオファラーを目的地に送った。プシオン転轍機を切りかえる」

そういうことか！　ライニシュは安堵し、ナックに感謝の印としてパーミットをさし出してもいいとさえ思った。だが、そこで自分がナックにいだいていた嫌悪感を思い出す。

「目的地をどこにするんだ？」ライニシュはたずねた。

次のオファラーがすでに連絡トンネルから出てきている。

「べつの門マスター二名に連絡したところ、それぞれ十五万ずつ受け入れたいといってきました」イスノルにかわってファラガが答えた。「とはいえ、ライニシュ、かれらを納得させるのはかんたんではありませんでした。わたしには答えられないような質問もされました」

「一ハトゥアタニとして、そういった問題にも対処すべきだ」ライニシュがぴしゃりという。「どうせきみたちナック同士で共謀しているんだろう」

「ですが、門マスターは自分たちの行動に責任があります」ファラガがいいかえす。

「行動の説明ができないときは、技術的な瑕疵《かし》を主張するはず」

「それを検証できるのはナックしかいない」ライニシュは同じ言葉をくりかえした。

「どうせきみたちナック同士で共謀しているんだろう」

ライニシュはいまの十五万名のオファラーをどこに送ったのか、たずねるのをすっかり忘れていた。そんなことはもう重要ではなくなっていたから。

突然、ロワ・ダントンとロナルド・テケナーがいるはずの、シオム星系のイジャルコルの衛星に行きたいという思いが強くなった。

だが、のこりの十五万名のオファラーがべつの紋章の門に転送されるのを見とどけなくてはならない。

「転轍機を再設定した」イスノルがいい、最後のオファラーたちが転送ホールにはいってきた。

転送が完了し、ライニシュは勝ち誇った。

「きみの仕事ぶりには大満足だ、ファラガ」ライニシュはナックのハトゥアタニを賞讃した。「もしきみが望むなら、タロズのハイブリッドのところにもどってもいいぞ。わたしもあとから行く。だが、いまはシオム星系に行かなくてはならない」イスノルに向きなおり、「乗客をひとり、王の門に転送するため、もうすこしだけ門を使わせてくれないか？」

王の門に到着したライニシュは、だれもがとほうにくれ、あわてているのを見て満足をおぼえた。

ソム人たちはあたりを駆けまわり、鮮やかな色彩の羽毛におおわれた腕を振りまわして、まるでまだ飛ぶことのできた祖先のように、空に舞いあがろうとしているかのようだ。

*

高位のソム人に連絡して騒動の原因を聞けるようになるまで、かなりの時間がかかった。それもパーミットを嘴《くちばし》の前につきつけてにおいを嗅《か》がせ、ようやく注意を引けたくらいだ。

「オファラーが百万名しか到着していない」ソム人が絶望的な口調でいう。「のこりの三十万名がどうなったのか、門マスターをはじめ、だれも知らないのだ。サルコ門にも問いあわせたが、オファラーは送り出したというだけ。カタストロフィだ！」

「わたしはちょうどエルロアクトムからきたところで、オファラーが出発したのはまちがいない」ライニシュはそういうと、動揺するソム人をのこしてその場から立ち去った。

この出来ごとで王の門周辺は大混乱におちいり、ライニシュがテレポート・ベルトを手にいれてネットに接続するのはほぼ不可能になった。

ソム人はすべてのサーヴィスを停止し、王の門を封鎖していた。衛兵の一隊があらゆる出入口を監視している。ソム人の科学者たちはあちこち駆けまわっているが、できることはなにもない。混乱は完璧だった。

ライニシュはパーミットを駆使してなんとかテレポート・ベルトを手にいれると、すぐさまイジャルコルの衛星にジャンプした。

状況はすでにそちらにも伝わっていたが、混乱は限定的だった。三十万名のオファラーが消えたことで生命ゲームにどんな影響があるのか、まだ充分に把握できていないようだ。オファラーの歌手たちがどこかで見つかるという奇蹟を期待している。だが、ライニシュはそんな奇蹟が起きないことを知っていた。

かれが最初に向かったのは、たぶんもう開催されることのない生命ゲームの演出本部だった。そこでロワ・ダントンとロナルド・テケナーにはだれも会えないと伝えられた。「パーミット保持者にして永遠の戦士イジャルコルの全権代理にとっては、そうではない」ライニシュは言明した。「ふたりのゴリムに重要な知らせがあるのだ！」

こうしてかれはヤグザンのオルフェウス迷宮で狩りを失敗させ、最後の決定的な力くらべでかれを出しぬき、〝シオム・ソム銀河の自由人〟という栄誉を手にいれたふたりの追放者と対面することになった。

ロワ・ダントンとロナルド・テケナーは輝かしい勝利者ではなく、いまや敗北者だった。外見的にはおちついたようすで、平然とした顔をよそおっているが、ライニシュにはかれらの内心が容易に想像できた。

ふたりが無表情にかれを見つめる。

「わたしの勝利だ」ライニシュがいった。「だが、それはきみたちと共有しないかぎり完成しない。きみたちがわたしのせいで敗北したことを知らなくてはならない」

ロナルド・テケナーが謎めいた笑みを浮かべる。かれは最大の敗北を喫したときでさえ、皮肉っぽい笑みを浮かべることができた。

「この敗北は、きみが仕えるふりをしているイジャルコルの敗北だ、ライニシュ」

「違うな。この敗北はきみたちだけのものだ」と、ライニシュ。「それがだれのせいなのか、きみたちだけが知っている。運命がきみたちに追いついた。これでおしまいだ」

ライニシュは嘲笑するようにパーミットをかかげ、立ち去った。

ロワとロンが目配せをかわしたことに、かれは気づかなかった。

忘却からの脱出

K・H・シェール

登場人物

ジェフリー・アベル・
　　　ワリンジャー……………………ハイパー物理学者
ロルカ・ヴィセネン…………………アラス診療所の首席女医
タッファス・ロゾル…………………エルトルス人。元太陽系艦隊大佐
ラトバー・トスタン…………………テラナー。銀河ギャンブラー
ポージー・プース……………………スヴォーン人。トスタンの相棒
スルシュ＝トシュ……………………マモシトゥ。首席利益計算者
ダール＝ドール………………………貿易所番人の代表

1

「……こんなガさつな男は見たことがない」アラスの医師の声がした。「すぐになんとかしてくれないなら、任務を拒否します！」

痩《や》せぎすのアラスの言葉は重ブラスターの発射音と思われるものにかき消され、その音も……音量から考えて……通常の人間とは思えないだれかの笑い声にかき消された。

ジェフリー・アベル・ワリンジャー博士はすぐさま制御卓のかげに身をかくした。主制御センターの巨大な3D曲面スクリーンがうつし出す光景は真に迫っていて、すくなくとも心理的には当然の行動だった。

「出てこい！　深海のダイヴァーよ」ペリー・ローダンが憤然とどなった。「きみにはなんの危険もない！　三百キロメートルはなれた場所の出来ごとだ」

「そんなことは知りません」ワリンジャーが回転シートのかげから出てきていった。

「わたしはヒーローじゃないんです。くわえて、ほんとうに棍棒が飛んできたように見えた理由を正確に説明することも……」

ローダンはすでにスイッチを切りかえていた。惑星サバルにあるアラス診療所のチーフである首席女医の顔がはっきりとわかる。

「ロルカ、そっちはどんなぐあいだ？」ローダンがたずねた。「顔じゅう血だらけじゃないか。負傷したのか？」

「まだしてません」ロルカ・ヴィセネンは激怒していた。「ペンキをぶちまけられたんです」

「なんだって？」

「噴射銃のようなものを使って」彼女は荷物のかげのかくれ場から立ちあがった。「ほら、見てください！　わたしの白いコンビネーションを汚しまくって、下卑《げび》た声で大笑いしたんです」

ローダンはここ数年ではじめて、ちいさく笑みを浮かべた。ワリンジャーはラボ用の軽コンビネーションの襟を二本の指でつまみ、頸が絞まりそうなくらい強くひっぱった。

「あなたも笑うんですか？」首席女医は憤激した。「これがおもしろいことだとでも？　わたしはこの……この怪物の調査を拒否します。見てください、こんどはサーヴィス・ロボットを破壊してます」

ローダンは破壊音を耳にして真顔にもどった。

「尊敬するロルカ、きみの医学知識を動員し、そのエルトルス人を生物学の法則に当てはめて分類するんだ。老齢で虚弱で、いまや一般的ではない習慣に固執《こしゅう》する。わたしと話ができるように、カメラの近くに連れてきてくれ」

カメラを操作して広角に切りかえる。エルトルス人の巨体が怒りにまかせて棍棒のような武器で、ロボット操縦の反重力貨物プラットフォームを攻撃していた。

「エスタルトゥの無能な手下ども！」と、叫びながら暴《あば》れまわる。「調整装置は自分で運ぶといっただろう？　さっさとよこせ！」

「あれが爆弾を持っていなくてさいわいだった！」と、ワリンジャー。「話をつけてください、わが義父、さもないと宇宙港まで破壊されそうです！」

「義父に関する話はあとだ」と、ローダン。「ハロー、ロルカ、あの老人をできるだけ大きなスクリーンの前に立たせて、スピーカーの音量を爆あげしろ。そうでもしないと、耳を貸してくれないだろう」

「〝爆あげ〟ってなに？」首席女医がたずねる。「あなたまでおかしくなったんですか？あの異人がわたしの要請に応じるとは思えません。医療ロボットで麻痺させます」

「それはだめだ。エルトルス人は無傷のまま必要だから。近くの浮遊スクリーンを鼻先につきつけて、いやでも目にはいるようにするんだ。技術者は充分にいるはず」

怒れる巨人の白い鎌形の髷《まげ》が見えた。髷の左右の頭部は剃りあげられ、傷だらけのなめし革のようだ。

ローダンの顔が大型浮遊スクリーンにはっきりとうつし出された。ロルカの技術者たちが送ってくる映像にはブラスターのこぶし大の銃口がうつっている。ふつうの人間なら砲架がないとあつかえない大きさだ。

「スクリーンを撃ったら、アンティテンポラル干満フィールドできみを五分後の未来に送りこむ。そこでならいくら暴れてもいい。話を聞け！」ローダンの声がとてつもない音量で、スピーカーの効果範囲内に響きわたった。

タッファス・ロゾルは標準年で五百十歳になるが、昔と変わらず活動的だった。ブラスターをベルトのホルスターにおさめ、人間の背丈ほどある棍棒によりかかる。大きな笑みを浮かべた顔がスクリーンに一体化されたカメラを見あげた。

「食って太れ、大執政官」身長二・五メートル、横幅も同じくらいの大男はエルトルス流の挨拶をした。「わたしの態度が気にいらないなら、汚い心理トリックでわたしをシオム・ソム銀河の真の故郷から連れ出したことを思い出してください。わたしの目がなくなって、五人の妻たちはぐうたらしていることでしょう。わたしがいないと、水牛の飼育もうまくいかなくなります」

「きみのいわゆる〝水牛〟は全身が装甲におおわれた肉のかたい怪物だし、きみの妻たちは、きみが帰ってきたら泣くだろう。きみに虐待されていたからな、タッファス。四百五十年ほど前に太陽系艦隊の宇宙戦闘艦からきみを追放したのは、われながらいい判断だった」

ロゾルは爆笑した。

「わたしが天賦《てんぷ》の才能を自由に発揮する道を開いてくれたということです。ラール人などの悪党どもと、ずいぶんうまく戦えるようになりました。で、そんなちいさな世界から、なぜわたしをひっぱり出したんです？　サバルでなにをしろと？　どうして特別な荷物まで持ってこさせたんです？　そもそも、どこであれのことを知ったんですか？」

ローダンは巨漢をじっと見つめた。

「その特別な荷物とは、きみがヴィールス船でエスタルトゥに向かうときこっそり持ちこんだトランスフォーム爆弾の調整装置だ。さいわいこうして確保することができた」

「準備は必要でしたから」エルトルス人はにやりと笑った。「とはいえ、あんなおかしな宇宙飛行技術にたよったのは後悔しました。ガッツがつきてしまいましたか、テラナー？　独自技術はどこにいったんです？」

「理由があってのことだ。きみがいるのはこの世界最大の宇宙港だ。きみの右側一キロメートルほどのところに、両極がたいらになったほぼ球形の宇宙船が見えるはず。シオム・ソム銀河の知性種族、ガヴロン人の戦闘艦だ」

ロゾルは目をすがめて広大な宇宙港を見わたした。対象を認めてうなずくまで、しばらく時間がかかった。

「なるほど、直径五百メートルというところですか。巡洋艦かもしれない。あれがなにか？」

「きみが盗んだトランスフォーム爆弾はあのなかにある。きみならなんとかできるだろうと思って、連絡をとらせた。その調整装置は古いポジトロニクスのデータベースで動作する。三個の爆弾を宇宙空間で、決められた時間ちょうどに爆発させることはできるか？」

元太陽系艦隊大佐で、のちに自由商人となった老戦士は、原始的な棍棒でからだを支え、上体をかがめた。スクリーンの端にうつっていたアラスの女医がためらいがちに、革の衣服を身につけた男に近づく。

「とまらないと、その耳を頸に巻きつけるぞ！」エルトルス人の怒声が響く。「検査は必要ないといったはずだ」

ロルカは無言で踵《きびす》を返し、引き下がった。エルトルス人が不愉快そうな笑い声をあげる。

「ふん、そっちの女も真の男の言葉に耳をかたむけるようになったらしい！　爆弾の話にもどりますが、チーフ、それならトランスフォーム砲が必要です。故郷銀河からこんなにはなれたところにあるんですか？」

「発射するのではなく、爆発させるのだ」

「なるほど！　ですが、なんのために？」

「元艦長兼火器管制将校に、歴史的な爆弾を使って、銀河間の虚無空間にいても見逃すことのない合図を送るためだ。きみよりひどい詐欺師がその合図を待っている。かれが発した、昔のUSOコードによるモールス信号を受信したことを知らせるには、ほかに方法がない。その男の名前はラトバー・トスタン、元少佐で、USOコルヴェットの艦長であり、とりわけ優秀なUSOスペシャリストだった。惑星レプソで新造のコルヴェットを賭けたギャンブルに負けてしまい、アトランから反逆者と認定された。それにくらべれば、きみなど小物だ。かれを罠から救出できるか？」

　ロゾルは笑いながら宇宙港のなかを駆けまわり、棍棒を振りまわした。周囲の人々があわてて逃げまどう。

「信じられない！」と、首席女医。「あんなやつといっしょに仕事をするなんて！」

「おちつけ」ローダンの声が彼女のアームバンド・テレカムから響いた。「ロゾルもかれなりに名誉を重んじる男だ。実際にだれかを傷つけたことはない。自由商人流の、また宙賊流のやり方で、ギャラクティカーのために働いてきている。宇宙ハンザが存在しないころから活動していたことを忘れるな。かれをグライダーに招待しろ。わたしはそこできみたちを待っている」

＊

ネットウォーカーの本拠地惑星サバルのベンダ海を望むワリンジャーの研究センターは、使用目的が変更されていた。巨大シントロニクス計算機は、そのすぐれた能力に見合わないデータと確率の計算に追われていた。

主制御センターも一時的に講義ホールとして使われている。壁面を占める全周スクリーンにはそれまで秘密だった情報が表示されていた。

ロゾルはあらためて、その大きさから〝丸太〟と呼ばれる巨大物体を眺めた。丸天井のスピーカーからワリンジャーの声が響いた。

「〝丸太〟は出自不明の巨大宇宙船だ。超高周波のハイパー放射源で、プシオン・ネットの大きな障害となり、ストレンジネス効果の一定の影響下にあり、そのストレンジネス定数はこの宙域の標準値に近づきつづけている。研究の結果、船内にはさまざまな知性体がいることがわかった。二名のギャラクティカーもふくまれている。テラナーのラトバー・トスタンと、スヴォーン人のポージー・プースだ。かれらが〝丸太〟に乗ることになった経緯の解明はまだこれからだが。トスタンは機密任務についていた《ツナミ32》の艦長で、NGZ四三〇年、M‐33に向かう途中でグリゴロフ事故に遭った。

かれとココ判読者であるポージー・プースは、どうやらその事故から無事に生還したらしい。〝丸太〟に乗ったかれらは、十五年半後、つまりNGZ四四六年四月二十三日、われわれにコンタクトしてきた。きょうはNGZ四四六年六月三日だから、ちょうど六週間前だ」

「真の男の生き方を忘れて堕落したパラ泣き虫とプシ・ネット狩人の、典型的な時間のむだ遣いだ」と、エルトルス人。「きみたちは細切れにして、わたしの水牛の餌《えさ》にすべきだな。反論はあるか?」脅すように振りあげられた棍棒にはさまざまな技術的なしかけが組みこまれているようで、無視できる者はいなかった。

「ここにいる者たちはきみの高齢に配慮して、適切な返答をひかえている」ローダンがいった。「つづけてくれ、アベル」

ワリンジャーはおもしろがるようにちいさく笑った。

「エルトルス人、われわれ、ほぼ同意見といっていい。ただ、時間のむだ遣いは堕落のせいではない。わたしはネットウォーカーではないので、目前に迫った任務の準備のため、自分のチームを徹底的にこき使った。トスタンはきわめて論理的な考え方をする男だ。〝丸太〟のプシオン性妨害フィールドが通常のハイパー通信を通さないことに気づいたから、昔のUSOの通信手段を使い、強力な衝撃インパルスをパッケージ化して、明瞭なパルスとして送信した。歴史的なモールス信号のようなものだ。トスタンは賢明にも、同じ文面を何度もくりかえし送信した。受信した文面の欠損部分をシントロニクスの論理回路が補えるように。〝ドク・ホリデイ〟という秘密のコードネームも使用した。六百五年前、ローリン計画の準備で決定的な役割を演じた名前だ。タッファス、まだなにかいうことはあるか？」

エルトルス人は興奮して跳びあがり、全周スクリーンをにらみつけた。

「ローリン計画？　わたしが生まれる前の話ですが、エルトルスでは数世紀にわたって語り継がれています。太陽系は未来に消え、われわれが突入した先には虚空しかなかった。ラトバー・トスタンはどんな役割をはたしたんです？」

ローダンは注意深くエルトルス人を観察した。どうやら計画に引きこめたようだ。そう思ったので、おちついて説明する。

「銀河ギャンブラーのトスタンは旧暦三四二九年にUSOコルヴェットを横領して追放され、自由商人の惑星レプソにおちついた。アトランはあえてかれを追わなかった。才能豊かで、われわれとUSOにとって、当時レプソにいたなかでもっとも信頼できる男だったから。そのあいだにトスタンはアルコールと薬物の依存症になった。そのため、かれはレプソにおいて、どれほど疑り深い諜報機関員からも、われわれとはなんのつながりもない人物とみなされるようになった。いざかれが必要になったとき、かれは自力で依存症を克服していた。ただ、薬物に蝕《むしば》まれたからだは骸骨のように痩せ衰えていた。

以後、それはずっと変わっていない」

「つまり細胞活性装置保持者ですか」と、エルトルス人。

「そうではない」その答えはロゾルを驚かせた。

「トスタンはレプソに〝マンモン・カジノ〟という、銀河系のだれもが知るカジノを建設した。当時、太陽系帝国から超過ドロッセル定数を持つホワルゴニウム二・五トンが盗難された。この五次元放射源がないと、アンティテンポラル干満フィールドを構築することができない。トスタンはレプソでこの物質を入手し、数十億の人類を救ったのだ。われわれはかれに恩赦をあたえたが、ブラックリローリン計画のあと、かれの機密任務がダブリファ皇帝に露見してしまい、五八四年のストに名前が載ってしまった。そこでかれは生物物理的深層睡眠にはいり、あいだ眠りつづけた。ポージー・プースという名のスヴォーン人が覚醒回路を作動させてかれを目ざめさせ、われわれ、かれを再教育した。NGZ四三〇年、かれは最新のATG船であるツナミ艦で事故に遭った。いま、この銀河ギャンブラーで元スパイの技術科学者は〝丸太〟のなかにいる。このほかのデータはあとで見せよう」

「細胞活性装置保持者ではない」エルトルス人はうなずいた。「わたしにとっては共感できる相手です。ふつうではない能力の持ち主たちのことはどうでもいい。それで、そのプシオン性妨害放射のせいで、ハイパー通信はとどかないわけですね?」

「そのとおりだ」と、ワリンジャー。「トスタンは詐欺師で、社会不適合者で、当時から命令にしたがわず、とにかく、問題の多いやつだ。本人にいわせると〝超個人主義者〟ということになる。きみたちはよく似ているよ、エルトルス人！　命がけでかれに合図を送る気はあるか？　われわれが救難信号を受信し、意図を理解したことを伝える必要があるのだ。きみが戦闘艦から盗んだトランスフォーム爆弾は《タアフル》にある。ガヴロン人の乗員はきみの指示にしたがうはず。爆弾を虚無空間に設置し、生じた火球を見たラトバー・トスタンが、自分だけに向けられた合図だとわかるようにしてもらいたい。きみにしかできないことだ。ここには過去の超兵器をあつかえる者がいないから。ペリーとわたしはべつだが、永遠の戦士の相手で手いっぱいで、ここからはなれられない。手を貸してもらえるか？」

ロゾルは腰をおろしていた金属製の操作卓から跳びおりた。その場にいたヒューマノイド、ガヴロン人を見つめる。

「きみの船はエネルプシ・エンジン搭載か？」

返事は肯定だった。《タアフル》にはほかにも高出力のリニア・エンジンが搭載されていた。ガヴロン人の技術水準に見合ったものだ。

ローダンとワリンジャーは慎重に計画をつめていたようだ、とロゾルは思った。肉体面も心理面も考慮されている。

「いい仕事だ」エルトルス人はにやりとした。「わかった、やらせてもらおう。五百十年生きてきて、エルトルス人の寿命もそろそろ限界だ。リニア・エンジンと干渉を受けにくい旧式のポジトロニクスを積んだ、高速搭載艇三隻が必要だ。最近の高性能装置にくらべて原始的なやつがな。用意できるか？」

ふたたび肯定の返事。ロゾルは棍棒で操作卓をたたいた。

「その骸骨じみた詐欺師のラトバー・トスタンには親近感をおぼえます。ワリンジャー、われわれ、リニア飛行で〝丸太〟の妨害ゾーンまで飛んで、ギャラクティカーと、どうやら信頼できそうなガヴロン人とでどれほどのことができるか、目にもの見せてやることにします。では、行くぞ、友たち！　ずいぶん時間をむだにした。わたしの荷物はどこだ？」

それはすでに《タアフル》に積みこんである。ロルカはエルトルスの巨人に対する見方をあらためていた。微笑して、しわの多い顔を見あげる。

「わたしの長い耳が気にならないなら、大男さん、わたしも医療チームとともに同行するわ。ラトバー・トスタンとポージー・プースを救出したら、医学的な手助けが必要かもしれないから」

「わたしを気にいったようだな、アラスの娘」ロゾルが楽しそうにいう。「だが、結婚契約は期待するなよ」

2

ラトバー・トスタンは一瞬もためらわなかった。

その場にいるマモシトゥのだれひとり、電光石火で発射されるかれの武器に、それ以上の速度で対抗することはできなかった。かれらの本能は宇宙交易に特化している。肉体的にも精神的にも、戦士というわけではなかった。

トスタンはその本性のままに仮借なく行動した。相手を殺したり、負傷させたりはしたくない。ただ、決意だけは徹底的に見せつけておきたかった。

相互結合銃の銃口の前で白くぎらつく火球が輝いている……瞬時に燃焼する化学推進剤の特性で、それによって滑腔銃身から高い安定性で弾丸が発射される。初速は秒速二千二十一メートルにもなる。

一マモシトゥのたるんだ皮膚のような把握指の手前で相互結合弾が爆発。トスタンが狙ったのは自然にできた岩陰だった。非人類を破片で傷つけないための配慮だ。それでも交易商のシリンダー型のからだは砂埃《すなぼこり》につつまれた。

相手が悲鳴をあげて後退する。咆哮《ほうこう》するようなその声がパニックぶりを物語っていた。さらに二発が、こんどは人工の池のなかで爆発。銀河ギャンブラーにとって都合の悪いことをしようとしていたらしいべつのマモシトゥ二名が水しぶきにつつまれた。

轟《とどろ》くような音は消えたものの、銃口は迫りつづけている。

トスタンはツナミ・スペシャル・セラン、略してTSSのHÜバリアを展開していた。マモシトゥの武器はあいかわらず、無防備な肉体をミイラ化させる生体収縮銃だけだ。最高品質の高エネルギー重層バリアを貫通することはできない。

「口を開けてくれ、パートナー！」首席利益計算者がかれの種族の友好の挨拶をトスタンに向かって叫んだ。「交渉しよう」

身長二メートル近い、骸骨の上に羊皮紙を貼りつけたような姿のテラナーは、武器を下げることなど考えなかった。それでも形式的に挨拶を返す。

「口が開かれてあるように、スルシュ＝トシュ。きみの仲間はわたしの装備を盗もうとした。わたしのような相手を裏切るべきではないと、とっくに気づいているべきだったな」

「盗もうとしたのではない、パートナー・ギャンブラー。きみが物々交換のために、またその後は独占販売のために提供した商品が、まだそこにあることをたしかめようとしたのだ」

トスタンはにやりとした。ほとんど唇も鼻もない顔でそうすると、いかにも恐ろしげだ。

だが、マモシトゥのチーフは恐怖を感じていない。比較の尺度が異なるから。かれはただ、異人が口のなかにいれている入れ歯の人工歯が光を反射したのに気づいただけだった。

「どうかやりすぎないでください、大きな友！」スヴォーン人のさえずるような声が、TSSの折りたたまれたヘルメットに内蔵されたスピーカーから響いた。

トスタンはその声を無視した。やるべきことは、ギャンブルの最後までやりとおさなくてはならない。

だからトスタンは、スルシュ＝トシュが長さの異なる二対の脚の上にまっすぐに立てたシリンダー型のからだに銃口を向けつづけた。相手は魚に似た頭部を前につき出し、大きなふたつの目がいつも以上にふくらんでいるように見えた。

「パートナー、和解できるはず！」計算者が叫ぶ。

「トスタンから盗むな！　われわれをとりまく環境の、多くの謎を解明するため、わたしが緊急用装備を必要としていることは知っているはず。まだかなりの記憶が失われたままなのだ」

「わたしもそうだ」と、マモシトゥ。「どうやって乗船したのか、だれがわれわれを生かしているのか、なぜ商売上のコンタクトがとれないのか、わたしにはわからない。パートナー・ギャンブラー、きみはずっとわたしを脅している。その恐ろしい武器がまちがってうなりはじめたら……」

「……切り身にされたスーパーウナギのような顔になる。今回は大目に見るが、今後、わたしの荷物にはきみも、きみの仲間も、いっさい手を触れないように。わたしは計算共生体であるポージー・プースとともに、まもなくきみたちの生活圏をはなれる。窃盗未遂と、それにともなう重要なゲストへの侮辱の代償として、高品質の凝集口糧と、無菌の真水と、きみたちのポジトロニクスのデータ記憶バンクへのアクセス権を要求する。いや、パートナー、逃げ口上《こうじょう》はなしだ！　今回は譲る気はない」

「わかった」ふだんなら一滴の水さえただで提供することのない種族の首席利益計算者がうなずいた。「だが……われわれがその代償は大きすぎると考えたら？」

「そのときは、贅沢な住居を瓦礫《がれき》に変える。ほんのわずかな代償を提供するのか、しないのか？　きみの利益の言葉は？」

銃口がさらにすこしあがる。

「提供する」スルシュ＝トシュが吠えるような声でいった。

「けっこう！　では、また口を開いて、きみの挨拶を正当なものにするがいい。〝口が開かれてあるように〟、パートナー」

「口が開かれてあるように」宇宙交易商が疲れた声で応じる。「きみはかんたんには計算できないようだ」

「わたしはだれにも計算できない」トスタンはしわがれた笑い声をあげた。

かれは数百年前にロナルド・テケナーが褒《ほ》めていた武器の安全装置をかけた。「すべてのエネルギー・アクセスがブロックされた場合でも、この武器は機能する」

実際、そのとおりだった。ケースレス弾と独自のガス圧回転薬室は、相互結合銃の楕円形の大型弾倉からの給弾システムや、マイクロ機構による信管と同様に信頼性が高い。だからこの武器はトスタンが麻痺状態から目ざめた直後から重要な役割をはたしているのだ。だが、やがてその必要性は薄れていった。まだ機能している各種のコンピュータのデータ記憶バンクを調べるほうが、当面は重要になってきているから。

トスタンは造船技師であり、通常航行と超光速航行における超質量・高推力加速装置の専門家だ。いまいるのが宇宙船のなかだということにはとっくに気づいている。測定結果と計算から、それがきわめて巨大な船であることもわかっていた。

船内にはマモシトゥの居住区だけでなく、各種の宇宙交易品を収蔵する複合貯蔵ホールや、大型の積載用装置が存在した。通常サイズの船体におさまるような大きさではない。

ここではすべてが巨大だった。この船の設計・建造を担当した者は、容積の問題を回避するため、最初から巨大なものを用意したらしい。

これまでに調べた装置類はどれも一級品だ。

金に糸目をつけず、全体質量係数もたっぷりとったことで、必然的にエンジン出力は巨大なものになる。そのため、必要なエネルギー供給能力はさらに跳ねあがることになった。強力なエンジンを搭載した場合、多くの区画でエネルギーを遮蔽《しゃへい》しなくてはならないから。

結局この宇宙船は、マイクロ技術者でウルトラマイクロ・ポジトロニクス技師であるポージー・プースのいう〝いたちごっこ〟におちいっていた。

こうした知見はいまのところ、両ギャラクティカーにとってほとんど役にたっていなかった。麻痺から目ざめて以来、かれらは多くの幸運に助けられてマモシトゥの生活領域にたどりつき、そこに居場所を見つけることができた。船内のいくつかの区画を苦労して進んできた結果、ここにはさまざまな欲求を持つさまざまな種族が、さまざまな環境下で暮らしていることがわかった。マモシトゥは自分たちがこの怪物じみた巨船のなかでもっとも重要な知性体だと自任していて、トスタンが啓蒙《けいもう》しようとしても、かれらの計算計画にあわない説明を受け入れようとはしなかった。

マモシトゥもやはり記憶を失っていて、それはごくゆっくりと回復していた。本来のあり方からの距離という意味では、トスタンやポージー・プースよりも遠くにいるのかもしれない。両ギャラクティカーもやはり、なぜ、どうやって自分たちが巨船に乗ったのか、巨船がどこからきてどこに向かっているのか、目的はなんなのかといったことはわかっていなかった。ただ、驚いたことに、そこで使われている技術はよく知っているものだった。

また、巨船のなかでだれもが話し、理解している言語も、自在に操ることができた。搬送袋にはいったトスタンの非常用装備は慎重にととのえられたものだった。まるで記憶力と思考力がまだ正常だった時点で、マモシトゥとコンタクトすることを予見していたかのように。特殊チューニングされた工業用具の存在はほかに説明がつかない。

マモシトゥがどの程度の規模を考えているのかは、隣接する巨大ホールに保管されている商品の量がしめしていた。トスタンの計画にとってじゃまなのは、かれらのぬきがたい利益欲だった。

そんなことを考えながら身をかがめて、長さ二メートルほどの搬送袋を磁気施錠し、防御フィールドを展開する。バリアのエネルギー的なゆらめきを見落とす者はいないだろう。

背筋をのばし、周囲を見まわす。ミイラ化した死体のような髪のない頭部がホールの人工太陽の光を受け、古い象牙《ぞうげ》のようにきらめいた。黄ばんだ入れ歯はつねにむき出しになっている。惑星レプソで薬物依存から脱して以来、豊かだった唇の組織は萎縮し、歯をかくすのに苦労するほどだ。かれは魚類じみたホストの、子供のこぶしほどもある目が輝いているのに気づいた。多くの者たちは口を閉じている。猜疑《さいぎ》心や不快感、あるいは利益のことを考慮した結果だ。それでもスルシュ＝トシュだけは努力して、友好的に口を開いていた。

「わたしの装備はエネルギー的には安全だ」銀河ギャンブラーがしわがれた声で説明した。声帯も乾燥しきっている。

「だが、わたしの計算結果はきみの人格についてきわめてネガティヴだ！」鮮やかな色の衣服をまとったスルシュ＝トシュがいう。

トスタンは前方にひろがる円形の居住ホールを見わたし、この宇宙船の建造者がマモシトゥを優遇していると、あらためて実感した。ほかの生命体はほとんどが深層睡眠状態で運ばれている。マモシトゥが〝貿易所番人〟と呼ぶべつの知性体もいるが、かれらは物品の供給不足にかなり苦労しているようだった。

トスタンには、自分がカタストロフィの兆候を前にしてマモシトゥのところに向かった理由がわかった。ここなら生活環境がととのっていると知っていたのだ。

ただ、その知識は論理的推測の産物にすぎない。自分のなかの記憶を引きだすことはまだできなかった。

大きな円形ドームを照らす人工太陽が急にちらつきはじめ、警報が鳴り響いた。

いきなりマモシトゥのあいだにひろがったパニックも、テラナーには影響がない。かれはおちついて人工太陽を見あげ、エネルギー供給が停止したらしいと判断した。トスタンはアームバンド・テレカムのスイッチをいれた。マイクロフォンはTSSの袖口の部分にある。

「キュウ公、こっちのようすが見聞きできるか？」

「はっきりわかります、大きな友。ですが、ひどく心配です。反応炉は動作してるのに、積載センターの計算機と通信装置へのエネルギー供給が減少してるんです。ハイパー送信も停止しました。ハイパーカム変成器がとまってしまったので」

「奇妙だ！　われわれ、孤立している。エネルギーがどこに流れているか、計器から読みとれないか？　こっちでは人工太陽の出力が通常の十パーセントくらいまで下がっている。どこがジュースを横取りしているんだ？」

「なんの話をしてるのか、またわからなくなりました」スヴォーン人が文句をいう。「どうしていつもわたしを混乱させるんです？　いいえ、急にエネルギーが優先供給されるようになったのがどこかはわかりません」

トスタンは小型スクリーンにうつし出されたちいさな友の顔を見つめた。ちいさな鼻の上の両目を大きく見開いている。

「あわてるな、ちび！　われわれが直接狙われたわけではないと、わたしの本能が告げている。ただ、この船で上位に位置する者があらわれたわけだ。それがほんとうの支配者だろう。何者だと思う？」

「わかりません、大きな友。記憶がはっきりしないんです。また頭が痛くなってきました」

「頭が〝まったくもって〟痛いわけでないなら、耐えられるだろう」

「やっぱりわたしをばかにしてますね。ほんとうに、まったくもって頭が痛いんです。あなたは感じないんですか？」

「まだ感じないな。目ざめたあとに頭痛を感じたことのほうが驚きだ。何世紀も前に薬物依存からぬけ出して以来、痛みをいっさい感じなくなっていたから。それなのに頭痛を感じたので、なにかとんでもないことが起きているとわかった。計器に注意していろ。わたしは主制御室に向かう。交易商たちとの交渉は終わった。だれかがわれわれの物資に手を出そうとしたら、きみが小型だが強力な高エネルギー・ブラスターを持っていることを思い出させてやれ」

「撃つんですか？」

「きみは戦闘訓練を受けた環境適応スヴォーン人の戦士なのか、そうじゃないのか？」

「物資を盗まれたことは恥じいっています」

「それでいい、キュウ公。物資はもう回収した。例外的な状況下での緊急事態におけるテラの慣習だ」

「いや、わたしはそんなに寛大にはなれません、友よ。それでも、あなたの傷は癒《いや》しましょう」

トスタンはおもしろそうに笑った。

「目的にかなうように動くのさ。まだエネルギーがきているうちに、制御センターの装甲ハッチを開けてくれ」

これまでも絶望的に思える状況下で見てきたとおり、スヴォーン人は淡々とことを進めた。

「操作しました。装甲ハッチはゆっくり開きます。いくつか関門とハッチを通過する必要があるでしょう。まだ開いてますか？　完全な密閉状態になるはずですが」

そのとき、テラナーは予期しない、もうありえないはずの事態に襲われた。うずくまって大型輸送袋にしがみつくほどの、突然の頭痛だ。

「やっぱり！」ポージー・プースが興奮して叫ぶ。「友よ、しっかりして！　すぐにおさまります。記憶が蘇るような刺激を受けたんでしょう。たぶんあの警報です」

「違う」トスタンがあえぎながらいう。目眩《めまい》がした。吐き気がこみあげ、かれは息をつまらせたように咳《せ》きこんだ。「そうじゃない、キュウ公、警報じゃない。密閉状態について、なんといった？」

「完全な密閉状態、です。すべての関門が閉まって、通過できなくなります」

頭痛が耐えがたいほどひどくなり、はじまったときと同じように、急に消え去った。遺伝子改変された記憶脳がためらいがちにデータを開示する。突然変異によって生じた能力ではなく、母親のDNA因子が遺伝したものだ。トスタンは自分の大脳の活性化した部位を〝多重テラビット記憶中枢〟、略してMTSと呼んでいる。それは高性能コンピュータのようなものだった。

「完全な密閉状態は、船に外部から脅威が迫った場合に発動する」かれはうめきながら、ゆっくりとからだを起こした。「マンモンにかけて、そんな状況が生じたにちがいない！　だれを探知したのか？　外部のプシ放射を突破して、なにが探知できるというんだ？　超光速走査機も同じ原理だから、失敗するに決まっている。だが、ほかにも光速の限界以下の原理にもとづく質量走査機と、異放射探測機がある」

スヴォーン人はめずらしく、よけいなことを口にしなかった。

「どうして知ってるんです？　それは旧太陽系艦隊の技術で、現代のハンザ船ではごくまれに使われるだけです」

「それは手落ちだな。古い装備も、すくなくとも非常用に設置しておくべきだ」

「それがどうして、この船にはあると思うんです？」と、ポージー。

トスタンは手の甲で落ちくぼんだ両目の上をこすった。

「キュウ公、わたしの網膜スクリーン上に、回路図と設計図がうつっている。知ってのとおり、MTSデータは目の奥にカラー映像で表示される。まさかこんなことが！　この……このシステムはわたしが設計し、この船に搭載したものだ」

「頭がおかしくなったみたいですね」ポージーが不安そうにさえずる。

トスタンの視野が明瞭になった。もつれあった映像が消え、パニックを起こして住居に逃げこむマモシトゥの姿が見えるようになる。

「目ざめてからこっち、これほど頭がはっきりしていたことはないくらいだ、ちび」と、アームバンド・テレカムに向かっていう。「たしかにわたしが設計したのだ！　この巨大船の建造を計画した者たちが、わたしに助言をもとめた。グリゴロフ事故が標準暦で一ヵ月前だなんてことは、もういわないでもらいたい。いまがNGZ四三〇年の年末でないことは確実だ！　だが、頭を悩ませているのはそんなことではない」

「その話はあとにしましょう。中央反応炉は非常用エネルギーで動いてます。急いできてください」

「もちろん非常用エネルギーに決まっている」と、トスタン。「船内グリッドには四十ギガワットしか供給されていない。すぐに出力を百パーセントまであげないと。船外映像スクリーンにグリーンのちらつきが見えないか？　星々の入射光が乱されているんだ」

キュウリ形生命体は適切な情報を検索した。

「ええ、まったくもって衝撃的です」

「そのままで問題ない。これは高エネルギー重層バリアの一変種で、純粋に四次元的に動作する。効果は低いが、昔の磁気フィールド・バリアよりはましだ。マンモンにかけて、わたしが未知の相手に押しつけたものだ！　どうしてそんなことをしたんだろう？なぜ通常のHÜバリアにしなかった？　たぶん用心のためだったんだろうが。ま、いい。ちび、きたぞ」

「マモシトゥはどうします？　親切にしてもらいましたけど」

「親切？　わたしが新商品の独占販売権を提供しなかったら、水の一滴ももらえなかったろう。大積載ホールをきれいにしておいてくれ。驚いた原始的ロボットの銃火のなかに飛びこみたくはない。これからの交易商は、自分の面倒は自分で見ないとな。状況が変わったということ」

3

ラトバー・トスタンはマモシトゥの商品店舗を、まるで敗走するように通過した。交易商たちの居住ホールは、ほんの四十五ＳＷＶファクター前までは第一級の憧《あこが》れの地に見えていたのに、いまではなんの価値もなかった。

クロノグラフの進み方が遅すぎてあてにならなかったため、テラナーは比較的信頼できる方法で時間の経過をはかることにした。自分とポージー・プースの睡眠・覚醒・消化サイクルを時間の単位にして、これをＳＷＶファクターと名づけたのだ。

巨大ホールで再作動した積載・記録装置はまたとまってしまっていた。ＴＳＳの助けを借りて店舗を通過するのをじゃまするものは存在しない。

追尾装置を再プログラミングした大型搬送袋は確実に機能し、自律型反重力飛翔装置でかれのあとをついてきていた。

はるか前方に店舗の積載用大型ハッチが見えてきた。トスタンはマイクロ・インパルス・エンジンで間欠的に推力をかけるのをやめ、戦闘服を床ぎりぎりまで降下させた。

これでいつでも足を床につける。

鉄板がむき出しの連絡通廊の上に浮かんで、かれは不審そうに前方を見やった。うしろには輸送袋がひかえている。その中身がなかったら、生きのびるのはほとんど不可能だったろう。マモシトゥが独占販売契約の証拠をもとめたから。かれは輸送袋のなかから適当な小物を選んで、サンプルとして提供した。覚醒時の衝撃は大きく、ポジトロニクスを飛翔・追尾に設定するのにずいぶん時間がかかってしまった。

トスタンの判断はだれに聞いても、そのときどきの状況において客観的で適切なものだったというだろう。自身の現状がいいか悪いかといったことで、むだに思い悩むという過ちをおかさなかったから。

アームバンド・テレカムのスイッチをいれる。TSSの内蔵通信装置はヘルメットを閉じていないと充分な効果を発揮しない。

「キュウ公、聞こえるか？　大きな貨物ハッチの前まできた。外の積載場のようすはどうだ？」

ポージーの人形のような顔が小型スクリーンにうつし出された。

「やっとですか」非難がましい口調だ。「わたしが心配してることを忘れたんですか？」

トスタンは笑おうとしたが、しわがれ声が出ただけだった。

「わたしのことを心配してるって？　四分の三ほど死にかけているんだ！　気にする人間などいるものか」

「わたしは人間じゃありませんから。あなたのことは好きですよ。友ですしね。もっと頻繁に連絡してくれますか？　さもないと、わたしはまったくもって不幸です」

「ばかばかしい」トスタンはいつになく当惑していた。「本能的に自分のちいさな命に不安を感じて、わたしの存在をもとめているだけだろう」

「またひねくれた考え方をしてますね」と、ポージー。「ギャンブラーの視点でしかものを考えられず、つねに極端な論理的評価をしないと気がすまないんですか？　論理を超越したものもあるんです。あなたになにかあったらいやなんですよ」

「よくわかった、キュウ公」トスタンは話題を変えた。「そこからはどう見える？」

「とてもまずい感じですね。いつ完全にロックされてもおかしくないでしょう。だれがロックするのかなんて訊かないでください。わたしにもわかりません。というか……知ってるはずなんですが、思い出せないんです。ひろい配送ホールにはだれもいません。反応炉は暴走してます。小規模な供給先にはまだエネルギーが行ってますけど、大型装置は停止してます」

「外部からの脅威の線がますます濃くなるな。この船の主制御ポジトロニクスはシントロニクス・コンピュータにくらべて格納情報密度も検索速度も落ちるとはいえ、プログラミングで動いているのは同じだ。なにもするな！　回路をいじろうとするな！　すぐ行く。わたしは……なんの音だ？　聞こえたか？」

「もちろん！」と、ポージー。「雷鳴みたいな音でした。あんなひどい騒音をたてるマシンはなんでしょう？　大きな友、深刻なことになりそうです」

トスタンはすでに、大型貨物ハッチの左下にある人員用ハッチに向かっていた。タッチパッドにてのひらを押しつける。内扉が開いた。

エアロックにはいり、反重力装置を切って搬送袋を床におろす。内扉が閉じて圧力が均等になるまでかなり時間がかかり、エネルギー供給が細っていることが実感できた。外扉がゆっくりと開いていく。トスタンは力を貸そうと、全力で外扉を押した。それでも四十五度くらい開いたところで、それ以上動かなくなった。

外扉をくぐりぬけ、装備品の搬送袋を安全なところまで運んでから前方のホールを見わたす。

反重力積載機と搬送ベルトはとまっていた。照明の数も減っている。

「当然だな！」トスタンは考えを声に出した。「船のほんとうの命令権者が本来の仕事に気づいたら、必然的に、自分たちが脅かされているとわかるはず」

「聞こえましたよ」キュウリ形生命体の声がした。「さっぱりわけがわかりません。あなたの奇妙な防護バリアは輝きを強めてますけど、船外カメラは問題なく機能してます。

不思議です!」

「わたしが開発したんだ、不思議でもなんでもない」と、トスタン。「なにかを撃退したいと思ったら、一瞬でも外から目をはなすな。論理的だろう?」

トスタンは飛翔装置でひろい配送ホールを横切り、円形の装甲ハッチの前に着地した。驚いたことに、その向こうにエアロックは設置されていない。

身長わずか四十センチメートル、なんとテラのキュウリに似た生命体であるスヴォーン人は、発射準備のできたブラスターを手に、出っ張った密閉リングの上に立っていた。

ポージーは交通信号のように黄色いツナミ・スペシャル・セランを着用し、ヘルメットを頸部の密閉リングに収納し、エネルギー・マイクロフォンを口の前に浮遊させていた。

トスタンはキュウリ形のからだの上部と一体になった頭部の、ターコイズ色の髪の房を見おろした。表情豊かな顔の黄色い皮膚とよく調和している。

均整のとれた大きすぎる目は内面から輝いているかのようだ。

「まるでスヴォーン人の少女のようだな」と、テラナー。「男はこんなに人形みたいには見えない」

「でも、男ですよ」ポージーが憤然といいかえし、四本の腕を振りまわした。「まったくもってスヴォーン人の男です! 環境適応で得た強力な筋肉で、一Gの重力にも耐えられます。どうしていつもわたしを侮辱するんです、大きな友？」

「慎重な質問と侮辱は違うぞ、ちび。ま、いい。きみは筋肉質のからだと大きなガッツをそなえた、特別なスヴォーン人の戦士だ」

「〝ガッツ〟ってなんです？」

「わたしが他人をびっくりさせるため有機MTSに記憶している、たくさんの古代テラの用語のひとつだ。いい響きだろう？」

遠くから轟音《ごうおん》が響いてきた。ポージーは驚いて密閉リングから跳びおり、短い脚ですばしこく制御センターに駆けこんだ。脚の動きが目にもとまらないすばやさだ。四本の腕は上体に巻きつけて安定させている。

「ゆっくり動け。目がまわる」トスタンはにやにやしながらそういい、幅広いコンビネーション・ベルトのホルスターから高エネルギー・ブラスターをひきぬいた。すばやく手を動かし、細いビームに切りかえる。

「なにをする気です？」スヴォーン人がぎょっとした声をあげる。

恒星のようにまばゆいビームの発射音がその声をかき消した。スイングドアの下側の蝶番《ちょうつがい》が白熱し、三発めで溶け落ちる。熱波が制御室を走りぬけ、ポージーは回転シートの基部に身をかくした。

騒音が消えると、テラナーはポージーに近づき、ひろいあげた。

「無事か、ちび？」

ポージーは六本の手足をばたつかせた。

「またこんな不作法なことを！」と、金切り声をあげる。「先にひとことないんですか？　まったくもって虐待され、侮辱された気分です」

「すまない、ちび。だが、時間がなかった。ハッチが閉じはじめていたんだ。袋の鼠にはなりたくなかったから、ブラスターを非常用の溶接機として使用した。火傷《やけど》しなかったろうな？」

「ええ！　すぐにヘルメットが自動的に閉じましたから。ああ、でも、あの美しい扉が！　なんてひどいことを！」

トスタンはまだ赤熱《せきねつ》している蝶番にちらりと目を向けた。金属屑になってしまっている。

「修理できるさ。重要なのはもう閉まらないってことだ。そうそう、あの蝶番はわたしが建造業者に提案したんだ。エネルギーを利用するばかげた開閉機構は故障に弱すぎる。蝶番ならいつでもちゃんと機能するからな」

「溶けていなければね。ハロー、大きな友、耳が悪いんですか？　話しかけてるんですが！」

トスタンはスヴォーン人の唇が動くのを目にしたが、もう声は聞こえなかった。緊急解除ボタンを押すと、TSSの生命維持装置が作動した。

たたんであったヘルメットが頭部をおおう。内部の上方に表示される多面制御モニターはグリーンだ。唇の前にマイクロフォンのらせんが浮かびあがった。

「あわてるな、これで聞こえる。気密を確認して、外部集音を自動に切りかえろ！　未知の命令権者が攻撃してきたら耳をやられてしまう。あのマシン音は多数の自律反応炉のエネルギーが大流量変換器バンクで合流するときのものだ。昔のテラの安全基準に定められた、非常用エネルギー供給システムだな。わたしが設置したとしか考えられない。マンモンにかけて、わたしはこの巨船にいったいなにを組みこんだんだ？　まるで昔の《インターソラー》に乗っているみたいだ」

ポージーは顕微鏡レベルのちいさな部品もある制御装置を調べた。かれの目はメガビット・チップの回路まで視認できる。スヴォーン人はのちにシガ星人が登場するまで、銀河系でもっともすぐれたマイクロ技術者だったのだ。

ポージーは内心、ひどく狼狽《ろうばい》していた。友の行動はいささか疑問に思えたが、それを口にするのは不作法に思える。

だからトスタンが搬送袋を開けてちいさな装置をとり出し、それを開きっぱなしになった扉の端に設置しても、口を出さなかった。

「ポジトロニクス＝生体ベースの個体インパルス走査機だ」トスタンが説明する。「思ったとおり、上位次元の機器類は動作しない。いまのところシントロニクスも使えないわけだ。走査機に注意していろ、キュウ公！　開いたままの扉を背にするのは気にいらない」

「だったら閉じないようにしなければよかったのに」

「閉じこめられるよりずっとましだ。高エネルギー・バリア展開準備、急速排気にそなえろ！　からだと防御バリアのあいだに空気がのこっていたら、ちょっとした衝撃でも生きのびられないぞ。いや、万一の場合の話をしてるんじゃない！　いいから経験者のいうとおりにしろ」

ポージーは口を閉じ、なにかいいたそうにあげていた二本の腕をおろした。危機的な状況では、テラナーは反論を許さない。

トスタンは床に固定された、マモシトゥのからだにあわせてつくられたシートの上に、奇妙な姿勢でうずくまった。急激な気圧の変化に確実に対応できるわけではないが、なんとかシートベルトを引きだし、できるだけからだを固定する。

「そんなにひどいことになるんですか？」怒りをふくんだポージーの声がヘルメットの内蔵スピーカーから聞こえた。「大きな友、そっちに行ってもいいですか？」

トスタンは下に手をのばし、キュウリ形生命体をつかんで、コンビネーション・ベルトの左側にとりつけた特殊なポーチに押しこんだ。

「すまないな、ちび。HÜバリアの準備は解除していいぞ。そうしないとわき腹が熱くなりすぎる。解除して、安全装置をかけたか？」

「はいはい、口うるさいですね」ポージーが不作法を気にせず文句をいった。「どうしてあなたなんかを気にいったもんだか」

「おたがいさまだ」テラナーが笑っていう。「だがな、生意気なちび、わたしが職務できびしく接した連中は、みんな生きのびているんだ！　いまが六百年以上前だったら、どうなっていたと思う？　わたしのような人間は、きみのようなやつが決断の瞬間に議論をふっかけてきたら、その場でたたきのめしていただろう。数百名の命を危険にさらす行為だから。聞き分けて、がまんしろ。悪魔にかけて、外はどんなようすだ？」

「どこのことです？」ポージーが涙ぐんでたずねる。「あなたは全然優しくありません。わたしには善意しかないのに」

「善意しかない者は予測がつかず、全体を危険にさらす。船外カメラの映像をよく見ろ。どこかでなにかが起きているはず」

ブルーの光条が船体側面のどこかから発射された。それがカメラの検出範囲にはいったときには、すでに光条の集束は失われていた。らせん状に拡散し、まばゆい輝きをはなちながら、最終的にハイパー空間の闇のなかに消えていく。宇宙船の構造体がはげしく震動し、だれかが巨大なエネルギーを使用したことがわかった。

「おろか者がハイパー指向性の超光速ビーム砲を撃ったようだ」と、トスタン。「外では第一級のプシオン嵐が荒れ狂っていることに、まだ気づいていないのか？　われわれはこれまでと同じく、あるストレンジネス定数にとらわれている。適応は進んでいるものの、完了にはまだ時間がかかるだろう。つまりどうなる？　場合によっては、正しいゼロ値の影響下にある攻撃者はわれわれを襲わず、われわれもかれらに傷を負わせられない。だが、この船の指導者たちが未熟なおろか者ではない以上、結論として、記憶と能力をまだわれわれほどとりもどしていないということになる」

「見あげた謙虚さです、大きな友」ポージーは皮肉をいったが、すぐに驚いて謝罪した。自分の発言が〝まったくもって不作法〟だと気づいたから。

テラナーは気にもとめていなかった。ひたすらスクリーンを見つめ、狭すぎる視界に文句をいい、なんとか広角映像を取得しようとむだな努力をつづけている。

しばらくすると異銀河の一角に、突如として三つのあらたな光点が出現した。

光点は青白く輝く球になり、それが真空中でたちまち膨《ふく》れあがって、地球で晴天の夜に見える満月ほどの大きさになった。

その大きく明るい円盤がマモシトゥの司令センターのスクリーンいっぱいにひろがり、ついには全体像がとらえきれないほど大きくなる。

トスタンは急いで映像の拡大を解除した。ポージーが息をのむ。

突然あらわれた三つの恒星はさらに膨張をつづけていた。やがてそれは限界に達し、端のほうから青白い輝きが明るい赤に、やがて暗い赤に減衰していき、周縁部から暗い虚無空間へと赤みがかったガスが舌のように噴出した。

だが、トスタンが興奮した理由はそれだけではない。

三つの奇妙な恒星は幾何学図形を描いていた。明らかに大文字の〝L〟に見える。ふたつの光球が縦棒を形成し、第三の光球が直角に右に曲がったところに位置している。まちがいなく大文字の〝L〟だ。

ポージーにも船の自動防御機構が作動した原因の見当がついた。かれが予想もしなかったことにも、トスタンはちゃんと気づいていたのだ！

「あの大文字の〝L〟はUSOの非常信号の〝LYRA〟を意味しているにちがいない！」テラナーが興奮した声で叫ぶ。「ポージー、どうやら懸命に送信した平文のモールス信号を受信して解読し、われわれがだれなのか、気づいてくれたらしい。キュウ公、あそこにはわれわれの仲間がいる！　三発の大型トランスフォーム爆弾を発射してLYRAを表示した。TNT換算で六千ギガトンの爆弾三発だ。悪魔にかけて、わかったか！　外のプシオン嵐の彼方に、すくなくともひとり、われわれの古い非常信号を知っている者がいる。LYRAの意味がわかるか？　数百年前の天才が考え出したんだ。だれかが大文字の〝L〟を表示した。うれしくて、頭がおかしくなりそうだ！」

トスタンの声がようやくしずまる。いまは両腕を振りまわして、わかったことをなんとか伝えようとしている。

ポージーも同じように興奮していたが、訓練されたココ判読者らしく、出来ごとを冷静に記録していた。コントラ・コンピュータの特殊ポジトロニクスが出した結果をツナミ艦の乗員にわかりやすく伝えるのが任務なのだ。それには他者を魅了する論理が必要になる。

外では人工恒星が徐々に燃えつきはじめていた。やがて赤くくすんだガス雲だけがのこり、それもぐずぐずと崩れて混じりあい、とうとう最後の光も消えてしまった。

船内のマシンの轟音もかなりおちついてきている。積載・制御センターの透明な装甲壁の向こうの反応炉は通常出力にもどっていた。トスタンはそうしたことを見ても聞いてもおらず、ただ説明したがっていた。

「聞いてますか、大きな友？」ポージーがたずねた。「息をしないと窒息しますよ！　聞いてますか？」

テラナーは感動からさめ、呪縛されたようにスクリーンを見つめた。いまはうなずくことしかできない。

「けっこう、よく聞いてください。思うに、あの恐ろしいエネルギーの放出はトランスフォーム爆弾でしょう。つまり、近くに古代の兵器にくわしい者がいるということ。あの大きな〝L〟について、あなたの考えが正しければ、ですが」

「キュウリのサラダにしてやろうか」トスタンが脅迫する。声が徐々にもどってきていた。「ほかにどんな文句がいいたい？」

「大きな友はごく些細《ささい》な、すばらしい勘ちがいをしてます」ポージーが四本の腕を振りまわしながらいった。その明るい笑い声を聞いて、トスタンはポージーが聞いたこともないような悪態をついた。

「なにを暴れているんだ？　シートベルトに固定されたら、おとなしくしていろ！　なにが勘ちがいだって？」

「プシオン嵐の彼方の存在が三発の爆弾を発射したと思ってるようですけど、そうじゃありません」と、ポージー。「トランスフォーム砲の原理は知ってます。爆弾は非実体化して、超光速で標的に転送され、プログラミングにしたがって四次元空間に再実体化すると、ほかの核融合爆弾と同じように爆発します。だとしたら、プシ嵐の中心にいるあなたの未知のパートナーは、エネルギー渦になって上位空間に遷移したトランスフォーム爆弾を、どうやって再実体化させたんです？　プシ嵐のなかでも発射できるのはたしかですけど、どうやってもとにもどすんですか？」

テラナーはうれしそうに笑うキュウリ形生命体をじっと見おろした。無言でゆっくりとシートベルトをはずし、慎重にポーチにもどす。ポージーは友が真剣に考えこんでいるのを感じた。

「まったくだ、キュウ公！」ようやくかれが口を開いた。「〝発射〟といったのは拙速《せっそく》だった。だが、六千ギガトンの爆弾が核融合反応を起こしたのはまちがいない。LYRA信号の意味はそのままだ。どうやったのか知りたくないか？」

「わたしはいつでも、まったくもって好奇心いっぱいですよ。悪意でもあるんですか？」

「まさか！　完璧主義者として念を押しただけだ。未知のだれかはどうやったのか？どうにかして三つの爆弾をプシ嵐のなかに持ちこみ、乱流のまんなかで爆発させた。時間を正確に同期させ、〝L〟のかたちになるよう、距離と角度をぴったりあわせて。なんてやつだ！　論理的に考えて、やっとわかった！　あらかじめプログラミングしておいた原始的な信管が正しい瞬間に起爆することを信じて、プシ嵐の影響を受けない通常エンジンつきの搭載艇で、最初のポジションに向かったんだろう。そのあと次のポジションに向かうから、乱流の影響を考慮しないとしても、信管が起爆するまでの時間はすべて異なる。ポージー、外で待っているのはほんとうに大したやつだ！　このあとやるべきことが明確になった」

「脱出するってことですよね？」ポージーが恐る恐るたずねる。

トスタンは短く笑ったが、そこにユーモアは感じられなかった。「どうやって脱出するかだ！　ここには大小各種の搭載艇があるはず。そのうちの一隻をカードのエースとして袖口にかくしておこう」

「本気ですか？　だったらまず、個体走査機のブザーの音を聞いたほうがいいですよ。多くの生命体がこっちに近づいてきてます」

　トスタンはシートから飛び出した。相互結合銃が、ポージーが考えもしなかったほどすばやく手のなかにおさまっている。HÜバリアが展開する直前、スヴォーン人は乱暴に床におろされるのを感じた。かれもテラナーにならって防御バリアを作動させた。

「排気を忘れるな」と、しわがれ声がいう。「ちび、わたしはなにがあってもこの船から脱出する」

「期待してますよ」キュウリ形生命体がさえずった。「そろそろしびれが切れてるんじゃありませんか？」トスタンがハッチに向かって歩きだす。走査機のブザーはまだ鳴りつづけていた。

やってきたのは三名だった。慎重に接近し、平和的な意図をしめすため、明らかに多大な努力をしている。

かれらのふくらんだ、ほぼ球形のからだが、ラトバー・トスタンが四十五SWVほど前に目にした板状の滑走車輛に乗っている。あのときは多数の球形生命体がマモシトゥに銃撃されたもの。

テラナーはハッチの端を掩体《えんたい》にとった。相手からは相互結合銃を握った右手しか見えない。銃口の漏斗《ろうと》型サプレッサーはまっすぐ外に……ひろい積載ホールに向けられていた。

4

下面の回転球体で走行する板状車輛二台が手前で停止。のこる一台はさらに前進し、ハッチまで二十歩ほどの距離を隔ててとまった。球形生命体の大きくはり出した目が銃口を見つめる。そこから死が閃《ひらめ》くことはわかっているようだ。

頭部はからだのミニチュア版で、胴体の上にとりつけられた可動部品のように見える。

停止した車輛から立ちあがるときは、短い柱状の脚よりも、長くて力強い腕を多く使っていた。マモシトゥはこの知性体を〝貿易所番人〟と呼んでいる。比較的原始的だが、肉体的にはきわめて強靭《きょうじん》だ。宇宙商人のヒエラルキーのなかでは下層に位置するようで、おもな任務は入出庫される商品の運搬、積載、記録などだ。

トスタンは銃を相手に向けたままだった。

「それ以上近づくな、番人！」と、この船の全区画で通じるらしい言語で叫ぶ。なぜ自分がその言語を流暢《りゅうちょう》に話せるのか、いまだにわかってはいなかった。

球形生命体は足をとめ、腕をひろげた。

「われわれ、飢えているのです、炎の男！」その声は甲高《かんだか》かった。「商品の主人たちはわれわれを店舗にいれてくれません。はいろうとすると殺されます。でも、あなたはわれわれを殺さず、警告しただけでした。助けてください、炎の男！　このままでは全員餓死してしまいます。そのためにここにきました。そうでなければ、こんなことはしません」

テラナーは武器をぬいたときよりもすばやく武器をおさめた。全身が見えるよう、ハッチのかげから出る。

ポージー・プースは友がとまどっているのに気づいた。それでも用心はおこたっていないようだ。

「貿易所番人に友好の手をさしのべよう。その手をとる気がないなら、わたしはそのまま自分の道を進むだけだ。わたしを騙《だま》し討ちしようとするなら、反撃する。それでいいか？」

「はい。われわれ、邪悪ではなく、善良な労働者であり、信頼できる貿易所番人です。でも主人は食事をくれません。われわれがもう積載マシンのあつかい方を知らないから、商品の主人は食糧を支払わないのです。炎の男よ、われわれを助けられますか？」

　トスタンはＴＳＳの胸の前にななめに銃を吊るし、骨張った右手を動かした。かれの悪態を耳にしたのはポージーだけだった。マモシトゥに対する悪態だ。〝殺し屋の悪党ども〟というのがもっとも穏当な部類だった。

　明るいグレイの薄いコンビネーションを着用した一名が近づいてくる。もともと動きが不器用なところに、体力もかなり落ちているようだ。

　体高は一・六メートルくらい、胴体部分の直径が一メートルくらいだろう。腕は床にとどいている。見えている部分の皮膚はグレイで、毛穴が目だっていた。

　トスタンは近づいてくる球形生命体が武器を持っていないことに気づいた。最初に出会った者たちは実用性の低い反射式照準器をそなえた、箱形の熱線放射器を持っていた。あれは武器ではなく、厚手の梱包用フォリオを接着するための熱圧着器具だったのだろう。

異生命体はへりくだった姿勢のまま、六本指の手を床についてからだを支えていた。トスタンは琥珀色の大きな目をのぞきこんだ。大きな口が空気を貪《むさぼ》るように開いている。この球形生命体も水棲《すいせい》動物の末裔《まつえい》らしい。

「マモシトゥはかれらを奴隷あつかいしてます」ポージーが口をはさんだ。「知性体にふさわしくない、まったくもって恥ずべき、憂鬱《ゆううつ》な話です。助けてやってください、大きな友！　もうほとんど立っていられないくらいじゃないですか」

「わたしがなにを考えているかわかるか？」と、トスタン。「あとの二名を呼んでこい。板状車輛に乗ってきていい」

ポージーはすぐに駆けだした。後方にひかえていた二名に話しかけ、車輛に飛び乗っていっしょにもどってくる。

トスタンは搬送袋から食糧をとり出した。鉄分の補給を目的としたものだ。

「食べるんだ、友よ！　高濃縮だから、ゆっくりと。わたしは……」

途中で言葉を切り、番人たちの大きな口を見つめる。頭部が大きく震え、凝集口糧はまるいからだの底知れぬ内奥へと消えていった。

「マンモンにかけて、こういうのもありなんだろう」テラナーは驚いていた。ポージーが甲高い笑い声をあげる。

「きみたちを助けよう」トスタンがいった。「わたしの食糧はかぎられているが、きみたちはふさわしい食糧のありかを知っているはず。どこにある？」

異生命体は壁によりかかり、そのままからだを下に滑らせてすわった姿勢になった。

「感謝します、炎の男。体内に気持ちのいい温かさを感じます。そう、われわれの蓄えは店舗内にあって、いまはなかにはいれません。場所を知っていますか？」

「もちろんだ。目の前にある大型ハッチは武器で守られていない。どうしてさっさと開けて、なかにはいらないんだ？」

「いえ、武器は配備されています。われわれの固有振動に反応するのです。あなたは通過できました。こっそり観察していました。謝罪します。盗み見るつもりではなかったのです」

「そして、突然、ギャンブル中毒者がまったくもって正しく目ざめるように思えます」

スヴォーン人が歌うようにさえずった。

「目ざめる？　わたしの脳内の本能を司る部分はいっせいに警報を鳴らしている。番人たち、わたしはどんなふうに見えた？　なにかの観察装置を使ったのか？　船内のこの区画を、あるいはもっとひろい範囲を見ることができるのか？」

貿易所番人は言葉につまった。思い出そうと苦労しているのがわかる。かれもまた不可解なストレンジネス・カタストロフィのせいで、記憶がはっきりしないのだろう。この宇宙船内の多くの生命体は、ギャラクティカーよりも記憶の回復に時間がかかっているようだ。

「はい、思い出しました。区画はたくさんあります。われわれ、そうした場所に食糧を供給しなくてはなりません」

テラナーは手が震えるのを感じ、おちつこうと努力した。

「どうやって供給するんだ、友よ？　おちついて、集中するんだ」

異生命体は息をあえがせた。ふくらんだ唇の奥に尖った歯が見える。

「わかりません。ひどく頭が痛くて」

「よくわかる。いずれおさまるはず。いいか、手を貸してやる。なにかきっかけが必要なんだ。たぶんきみたちはあらゆる種類の配分路線が集まった、センターのようなところにいたはずだ。どんな要求にも応じられる、自動注文システムだろう。きみたちはそれを監視していて、なにか不具合があれば手動で介入していた。つまり映像監視システムで、きみたちは事実上、すべてを見ることができた。ここで生きている知性体への供給は、すべてマモシトゥが握っていたんだろう。かれらが供給の元締めだ。それに対してきみたちは管理と接続と監視をになっていた。違うか？　考えるんだ、友よ！　そうだったのか？　きみたちは多くのスイッチを操作し、ダイヤグラムを読み、不具合を修正していたのか？」

曇った大きな目に輝きが宿る。苦しげなうめき声は頭痛のひどさを物語っていた。

「これじゃ拷問です」ポージーがいった。「そのうち思い出します。それまで待ってください」

「われわれにも、かれらにも、そんな時間はないんだ。いつまでも面倒は見られない。答えろ、番人！　どうやって商品を配分していた？　店舗から個別に集荷していたはずはない。なんらかのかたちで自動化されていたはず。搬送ベルトか？　それならたくさん見た」

「ベルト、そうです」と、球形生命体。「搬送ベルトがたくさんあります。ゴンドラ搬送チューブも。なにか不具合が起きたら、貨物プラットフォームで介入します」

「制御センターもあるはずだな？　考えろ！　たくさんの制御卓とスクリーンがならんでいる。そうだな？」

「そうです、はい！　区画サイロはどれも満杯にしなくてはなりません。それがすべてからっぽで、物資は……ああ、わかりません」

「暁《あかつき》の眠りからさめて数カ月のあいだにサイロの食糧はすべて消費してしまい、補充がないということだな」トスタンが説明を補完した。「けっこう、友よ、それだけわかれば充分だ。あとはこのトスタンがいつもどおり、迅速かつエレガントに解決しよう。ポージー、ほかの二名もちゃんと食べたか？」

「ええ、どっちも。全然嚙まないんですね。まったくもっておもしろい。いや、失礼。

ばかにしたわけじゃないんです」

「高潔な口に似あわないことをいうと、歯が折れるぞ」テラナーが文句をいう。「そもそも歯はあるんだったかな、ココ判読者のスーパーキュウリ？」

「なんてことを！」ポージーは憤然となった。「またわたしを侮辱しはじめる気ですか？　しつけのいい知性体はそんなことしません」

「テラナーがいつからしつけのいい知性体になったんだ？」トスタンはにやにやしている。「ゲストの面倒を見てやれ。このステーションを出て、かれらに同行する。かれらの制御施設は、交易商側に偏った専門センターよりもずっといいはずだ」

「必要な食糧をどこで手にいれるんです？　わたしの考えでは店舗に突入して未知の武器を無効化して……」

「……逃げ帰ってくるのか？」トスタンが皮肉っぽく問い返す。「その武器がどこに設置してあるのかわからないまま、もう一度巨大ホールに突入すると、本気で思っているのか？　だいたい、あれはどんな武器なんだ？　われわれの個体インパルスに適合していないなんて保証がどこにある？　球形生命体は無傷で、異人であるわれわれはエネルギーの渦になってプシオン嵐のなかに消え去ることになりかねない。わかっているのか？」

「尊い先祖たちはなぜ、あなたという罰をわたしにあたえたんでしょう？」ポージーは四つの手を握りしめて訴えた。

「きみはなぜ、わたしの命を救い、生物物理的深層睡眠から目ざめさせた?」トスタンがたずねる。「それはきみがいいやつだからだ。もういい、ちび! 代表して話していた友の名前はなんというんだ? 知らないと呼びかけられない」

床にうずくまったままの球形生命体はダール＝ドールといった。全員が〝ダール〟で、後半部分が番人の仕事によって異なるらしい。

トスタンは搬送袋を閉じた。マモシトゥからひそかに没収した貴重な凝集口糧は、物々交換で置いてきたたくさんの道具の埋めあわせだ。

「これからどうします?」スヴォーン人があきらめたようにたずねた。「大きな友、あなたは不可解な人です。異生命体はひどく飢えています。まったくもってあきれたもんですよ。ほんとうにかれらを助けるつもりなんですね?」

「こんどそんなことを訊いたら、手近な鍋にほうりこむぞ。球形生命体は明らかに、本来は雑食性だ。きみ程度では腹の足しにもならないだろうが……」

「もうけっこう」スヴォーン人が憤慨してさえぎった。「あなたの思考回路はきわめて不作法です。わたしの故郷世界だったら、あなたは精神科の治療を受けることになっていたでしょう」

トスタンの死体のような顔は不気味な仮面を思わせたが、実際にはかれは笑っていた。

五分後、すべての番人が板状車輛に乗りこんだ。トスタンはダール＝ドールの球形のからだの上にまたがっている。ポージーは奇妙な車輛の前部、ななめになったフロントガラスのすぐうしろだ。

「わたしが上に乗ってだいじょうぶなのか、若いの？」テラナーが異生命体にたずねた。そのまるいからだは板状車輛のふくらんだ部分の上におさまっている。

「ほとんど重さを感じません、異人よ。しっかりつかまってください。揺れますから」

「なんとかなるさ。行こう！」

乗り物がうなりをあげた。速度はそれなりだが、かれらはトスタンがまだ思い出せない道を知っている。

ポージーはギャンブラーが貿易所番人たちをどうやって助けるつもりなのか、思い悩んでいた。飲み水はたりているようで、それについてはなんの話もなかった。

「店舗からでないなら、食糧をどこで調達するんです？」ポージーがテレカムでたずねる。その声は回転球体の音にかき消されがちだった。

「想像力がたりないな、キュウ公。回路をロックしても、マモシトゥはすぐにロックを解除するだろう。賭けるか？　事前の支払いはなしでいいが？」

「賭けませんよ。嫌悪しかありません。どうして自分があなたに好き放題させておくのか、ぜひ知りたいもんです。敬愛する女主人もびっくりするでしょう」

「わたしとつきあいがあるから？　元気を出せ。わたしもずっと悪友たちから守られてきたが、そういう連中こそおもしろいんだ！　かれらを研究し、その悪事から学んで、こうして立派な人間になったのさ」

「立派な人間？」ポージーは思わず叫んだ。「あなたは既知の銀河すべてのなかで最悪の詐欺師ですよ。きっとなにか恐ろしいことを考えてるにちがいないんです」

「恐ろしいのは口うるさいキュウリのほうだろう。たぶんきわめて複雑な番人の制御設備を、どうやって掌握《しょうあく》するかってことでも考えていろ」

5

マモシトゥは球形生命体を原始的だといったが、そんなことはなかった。板状車輛での移動はテラナーの造船技師にとって、これまでのどんな調査や考察よりも興味深いものだった。

巨大宇宙船の船体は思ったとおり、細長い形状だった。個々の階層の床は長軸に対して垂直ではなく、平行に配置されている。こうすることで強力な推進力のもとでも高い剛性を得ることができる。

各階層の区画はねじり強度を緻密に計算した、長軸に垂直なハッチで区分されている。反重力シャフトは船首から船尾方向ではなく、区画を上下するように設置されていた。そのことが確実にわかったのは、ラトバー・トスタンにとって大きな収穫だった。

貿易所番人はいくつか反重力リフトを乗り継いで、船首または船尾方向ではなく、シリンダー型の船の中心に向かって千メートルほど移動できる。かれらは船の一般プログラミングによって、すべての反重力リフトを利用し、すべてのハッチを開閉する権限があたえられているようだった。トスタンが乗った車輛の操縦士がなんの操作もしていないのに、前方のハッチがスライドして開くのだ。

車輛のポジトロニクスは船のそのほかの操縦装置と同様、データ記憶領域のストレンジネス・ショックを迅速に克服したようだった。さまざまな不具合はもっぱら高機能計算機の故障が原因だった。データ記憶装置がプシ地獄に対して通常のポジトロニクスほどうまく対応できなかったのだ。ツナミ戦闘服のシントロニクスが機能しなくなったのも、原因は同じだった。

船の全体的な供給システムも、通常のポジトロニクスで動作する緊急装置がない場合、あらゆる場所でストレンジネス余震の被害を受けた。ハイパー領域で動作する機器のうち、復旧したのは反重力シャフトだけだ。そこにはトスタンがまだ理解できていない、なんらかの条件があるようだった。

三名の番人とともに大型エアロックを通過したときも、かれはほとんど違和感をおぼえなかった。

ポジトロニクスも、機械も、生命体も、すべてがふたたび目ざめはじめている。未知の巨大宇宙船はあらたなストレンジネス条件にだんだんと適応してきていた。

＊

貿易所番人の制御センターは質素な家具調度が置かれた居住区と同じ階層にあった。マモシトゥの広大なホールにくらべると、居室が何層もならんだ構造はいかにもみすぼらしい。

トスタンはこの船に乗っている宇宙交易商が特別な役割を負っていると推測していたが、それがどれほど特権的な地位なのかを思い知らされた。

高い丸天井のホールをあらためて見わたすと、数千台のスクリーンがいくつかのブロックに分割して配置されているのがわかった。大型スクリーンにはさまざまな区画の全体像が記号で表示されている。とりわけ目をひくのは壁一面を占める巨大スクリーンで、どうやら各種の中継装置に焦点を当てることができるらしい。

その前にある鋼の台座の上に設置された制御卓は見るからに重要そうで、そこから技術的な操作を実行するのはまちがいないだろう。

問題は球形生命体がその操作方法をぼんやりとしかおぼえていないことだった。

両ギャラクティカーは数時間かけて無数のスイッチの機能を調べ、自律的なエネルギー供給のための融合反応炉を作動させた。現在の負荷は半分程度だ。

エネルギーがなくては、とまっている搬送設備を再作動させることもできない。一時間ほど前には番人の代謝に不可欠な光と熱も復旧していた。

トスタンは船内のエネルギー供給網を麻痺させた。

「当面は自給自足だ。ここのエネルギーはどこにも流さない」

テラナーはからだにあわない幅広のシートに腰をおろした。

「用意はいいか、ちび?」と、肩ごしにたずねる。

ポージー・プースはかれの右後方にあるべつの半円形制御卓に登り、傾斜した表面から滑り落ちないように努力していた。

「準備完了。接続がきます!」ポージーが叫ぶ。

トスタンはその声がほとんど聞きとれなかった。ポージーはテレカムに切りかえようとしたが、テラナーが急いで制止した。

「だめだ、ちび。しばらく無線は封止だ。この反応炉が復旧したことで、船内のほかの制御施設でどんな騒ぎが起きると思う? ある意味、ここはキイ・ポイントになる。招かれざる客はお断りだ」

トスタンがスイッチをいれる。ホール左側の壁のスクリーンに物資分配施設の配置が表示された。大型転送機が三基、色彩を強調したコンピュータ画像でしめされている。さらにべつの記号から、それらがまだ妨害されていることがわかった。

ほとんどそこらじゅうに妨害源が見られる。もっとも重要なのは一キロメートルほど上方にある中央倉庫で、トスタンはそのほんとうの意味をはじめて理解した。かれが目にした商品の山は宇宙交易商の商品のほんの一部でしかなく、のこりは大部分が消費財だった。

ポージーがTSSで飛翔してきて、テラナーの前のプログラミング制御卓の端に着地した。

「真の妨害源はマモシトゥの領域にあります」と、興奮ぎみに報告する。「まちがいありません。検索命令は確実に積載装置にとどいてるのに、反応がないんです。ほんとうに驚きました、大きな友！」

「怒りがおさえきれないな。あの悪党ども、自動システムを妨害しているんだ。たぶんまだ、自分たちがここにいる本来のわけを理解していないんだろう。かれらは携帯食糧の担当者なのだが、利益欲に目がくらんで、まだそのことを思い出せていない。報酬がないから配送しないということ。かんたんな話だ」

「かんたんすぎます」と、スヴォーン人。「その命令はだれから受けたんですか？」

「それがわかっていれば、いまごろは搭載艇の格納庫からスタートできている。用意しろ、キュウ公！　正しいスイッチ操作がわかった。リスクはあるが、やってみよう」

「なにをです？」ちいさな声が聞こえた。「大いなる善よ、あなたがなにをしようとしてるのか、まったくもってわかりません！　どんなリスクがあるんです？」

「マモシトゥに呼びかけるだけだ。ほかになにか？」

「ひどいことをいわれて、拒絶されるだけです」

「ひどいことをいわれる？　もっといい考えがあるんだ。やるぞ！」

ポージーは背後にひかえている球形生命体に目を向けた。もとは六百名ほどいたそうだが、百名ほどが殺されたり、餓死したりしていた。

かれらは不安そうな視線を輝くスクリーンに向けていた。この巨大ステーションの本来の支配者であることを、まだ理解できていないのだ。

半円形に湾曲した巨大スクリーンに光が灯《とも》る。ポージーにはすぐに、そこがマモシトゥの居心地のいい居住ホールだとわかった。水が満たされたちいさな池は見まちがいようがない。

映像管理セクターから、トスタンの顔が相手側に表示されたと報告がはいる。かれが制御センターにいることを交易商にわからせる必要があるのだ。

テラナーは躊躇《ちゅうちょ》しなかった。生きのびるための次のゲームはすでにはじまっている。

「ギャンブラー・トスタンより首席利益計算者。スルシュ＝トシュはただちに撮影範囲内に姿を見せろ。一分間の猶予をあたえる」

ポージーが目をまるくしてテラナーを見つめた。

「あなたが……命令を？」と、口ごもりながらいう。「大きな友、わたしは……」

「しずかに！」テラナーはかれを黙らせた。「呼吸を三十回数えろ。きみの呼吸はわたしより速いから、それでだいたい標準時間の一分だろう。ほら、数えるんだ！　クロノグラフは半永久的にとまらないが、残念ながら正確に時を刻んでいるとはいいがたいからな」

スヴォーン人が二十回ほど呼吸したころ、一マモシトゥがあらわれた。魚に似た頭部と色鮮やかな衣服の一部が画面にうつし出される。スルシュ＝トシュではなかった。

「首席利益計算者にはギャンブラーと話をする理由がない。要望があるなら、適切な対価で引き受けることはできる」

トスタンは笑ったが、笑い声は咳の発作でかき消されてしまった。

「いわれたとおりにするのだ、パートナー。わかった、きみには古いテラのいいまわしを贈ろう。〝われわれは中途半端《はんぱ》なことはしない〟。理解できたか？」

「いいや！　要望をいえ。支払い条件を計算しなくてはならない」

「きみたちのひろい居住ホールの奥に据え置き型のロボット・マシンが設置されている。きみたちの肌を手いれして、オイルを塗り、マッサージするためのものだ。見たところ、近くにはだれもいないようだな。いますぐに支払いをしよう」

トスタンのひとさし指がアームバンドのスイッチに触れた。大型ロボット・マシンがいきなり燃える火球に変わる。爆発でマシンは破壊され、スピーカーは爆発の轟音を制御ステーション内に響かせた。

ポージーが恐怖の声をあげ、わけがわからないまま友の顔を見あげた。トスタンがなにもいうなと合図する。

轟音がおさまると、かれは平然と先をつづけた。

「番人をはじめ、船内の全知性体への物資の配送路線をただちに開放しろ。必要な検索回線は準備できている。からになった区画サイロへの供給がすぐに再開されない場合、きみたちの店舗で最初のマイクロ核融合爆弾が爆発する。マッサージ・マシンに化学反応式の信管を設置してある。首席利益計算者はわが要望に応える時間があるかな？」

「これは恐喝です！」スヴォーン人は思わず声をあげた。「恥を知るべきです。海よりも深く恥じいるべきです！」

「キュウ公、わたしはもう深く恥じいっている」

ポージーはそんな言葉を信じなかった。ギャンブラーの顔に浮かんだ薄笑いがすべてを物語っている。

スルシュ＝トシュが画面上にあらわれた。息づかいが乱れている。

「配送路線は開放したか？」テラナーが挨拶ぬきでたずねる。

「われわれを殺すつもりか？」マモシトゥはとり乱していた。

「わたしは原則的に、無意味なことはしない。きみたちにとって死は無意味だが、一方、所有物はきみたちのすべてだ。わたしのような冷徹な計算者なら、どう行動すると思う？　配送路線を開放しろ。さもないと、きみたちの宝物の最初の一部が燃えてガスになる。ギャンブラー・トスタンがなんのしかけもしないと思ったのか？　きみたちの店舗のすべてに、わたしの装備で起爆できるマイクロ爆弾が設置してある。なぜわたしがきみたちにチェックされることを拒否したのか、これでわかったろう？」

首席利益計算者は慣れ親しんだ議論でなくては納得しない。

「よくわかった。きみの計算はすばらしい。だが、どうして自分の利益に反した行動をとる？　われわれ、手を結べるはず。分け前を……」

「わたしがもとめるのは分け前ではなく、飢えている生命体への食糧の分配だ。マンモンにかけて、欲の皮の突っ張ったきみがすぐさま分配を開始しないなら、きみたちの貴重な商品は吹き飛ぶことになる。話はもう充分だ！　トスタンはだれも飢えさせない」

かれは左腕をあげ、ひとさし指を起爆スイッチに近づけた。

「きみの法外な要求に応じる」スルシュ＝トシュがあわてたようすでいった。「対価として、爆弾をかくした場所を教えてもらいたい」

「きみはなにも要求できない。船の支配者の命令を実行しろ」テラナーが憤然と応じる。

「かれらはすぐにコンタクトしてきて、きみたちの義務を思い出させるだろう。友よ、もしわたしがかれらにありのままを伝えたら、きみたちはきびしく罰せられるはず。この船は棺《ひつぎ》として建造されたわけではない。無条件で、ただちに路線を開放するのだ！」

トスタンは通信を切った。スクリーン上の路線図には相いかわらず妨害源が表示されている。それが変化したのはスヴォーン人が百四十二回めの呼吸をしたときだった。

コンピュータ画像の記号がいきなり変化した。同時にさまざまな音が聞こえてくる。

搬送ベルトが動きだしていた。それまで停止していた特殊ロボットも行動を開始する。数千もの制御モニターが明るくなり、船内のありとあらゆる場所で同じことが起きているのがわかった。

ポージーがトスタンの戦闘服を登ってきて、ちいさな腕でテラナーの細い頸にしがみついた。

スヴォーン人は明るい笑みを浮かべ、そっとからだを押しつけた。

「感情が表に出すぎだぞ、ちび」トスタンがたしなめる。「爆弾など存在しないことに気づかれないようにしないと。ブラッフはギャンブルの肝《きも》だからな」

「爆弾はひとつもないので？　恥じいって、よろこんで、また恥じいって、やっぱりよろこんでます。まったくもってわれを忘れてました。どうすればそんなに嘘やごまかしがうまくなるんです？」

「リスクだらけの人生を送ってきたせいだ。きみには想像もつかないだろう。マッサージ・マシンにマイクロ爆弾をしかけられたのは幸運だった」

「だれかが破片で負傷したら、どうするつもりだったんです？」スヴォーン人が不安そうにたずねる。

「そのときは、たぶん存在するはずの船内クリニックの医師が、前払いしないかぎり指一本触れないことを願うだけだ。ほかに気になることはあるか、超戦士？　ああ、忘れてくれ！　ダール＝ドールはどこだ？」

「食事中でしょう。最初の食糧がもうとどいているとしてですが」

「けっこう、終わるまで待とう。いまのうちに休んで、そのあと食事にして、桶で湯浴みをして、それから球形生命体に任務を思い出させよう」

ポージーは友の頸から二本の腕をはなした。トスタンが大きすぎるシートから急に立ちあがったのだ。

「任務？」と、キュウリ形生命体。「まったくもって意味不明です」

「わたしが善意でやったと思うのか？」トスタンはにやりとした。「ちょっとした厚意のお返しに、地元にくわしい番人には搭載艇格納庫まで案内してもらう。かれらはどんな扉も開けられる、ポジトロニクス・キイを持っているからな」

ポージーは唖然とした。やはり友は〝詐欺師〟の名にふさわしい。いまはそんなことしか考えられなかった。

6

ラトバー・トスタンは自分とポージー・プースと番人たちを三SWVのあいだ〝拷問〟した。かれにいわせれば、記憶の掘り起こしは〝戦略的に必要な処置〟だ。結果は驚くべきものだった。

さまざまな種族の脳の有機的記憶領域がすぐれたポジトロニクスと同じように反応することが、ますます明らかになったのだ。ただし有機脳の場合、個々に異なるプシオン周波数パターンを適合させなくてはならない。それが記憶の欠落の原因だった。くわえて、数週間から数カ月前にプシオン性のストレンジネス嵐があり、これも船体内部に悪影響をあたえたにちがいなかった。

トスタンの遺伝子改変された有機コンピュータ記憶脳が目の奥に表示するデータの量もますます多くなっていった。

まだのこっていた記憶の欠落も、たぶん適切と思えるヒントを思いきってあたえることで急速に埋まっていった。それはポージーが〝拷問〟と表現した方法だったが。

ダール＝ドールともう一名の番人、ダール＝ネエクはとくに強く影響を受けた。トスタンはくりかえし謝罪したが、かれらはほとんど気にしていなかった。自分たちがなにをすべきだったのか、思い出すことができたから。

計画はうまくいった。検索回線がテラナーの技術科学者の目の前に展開するコンピュータ画像は着実に正確性を増し、宇宙船の全体像も判明した。全長約八十キロメートル、幅約二十五キロメートル、厚みは十八キロメートルほどある。外観は不規則で、表面は自然に生じた小惑星のようだ。トスタンはカムフラージュだろうと考えた。通常の光学観測を騙せるだけだが。

エンジンは巨体の後方三分の一を占めていた。大出力の反応炉は一部がエンジンの近くに設置され、のこりは各区画に配置されている。

船首の司令センターには五十ほどの補助ステーションが付属する。未知の建造者はほとんどのギャラクティカーと同じ考え方を採用したらしい。

トスタンにとってはどれも興味深いことがらだが、いまはそれどころではなかった。最大の興味は搭載艇格納庫と、特殊なコード発信器がないと開かない大型ハッチだ。それこそが問題だった！

ギャンブラーはコンピュータ画像を壁一面のスクリーンに分割表示させた。現在地点が記号の点滅でしめされる。

「ここは上部供給デッキだ」と、考えこみながらいう。「下のデッキには大小さまざまなホールが迷路のように連なっている。そのすべてが生活環境の異なる、個別のビオトープだ。五十種類ほどの種族が収容されているらしい。酸素以外を呼吸する生命体や水棲生命体、半エネルギー生命体など、さまざまな知性体がいる。なんとも魅力的ではあるが、われわれにとっては些々《さ さ》たることだ。わたしはこの巨船から脱出したい。曲がりくねった通廊や広大なホールを無数にそなえた、それぞれ環境が異なるビオトープの存在は、前進する上で大きな障害となるだろう。そこで、いまいるこのデッキを船尾方向に向かうことにする。理想的な条件がそろっているから」

「お好きなように」ポージーは嘆息した。ひどく頭が痛そうだ。

トスタンはじっとかれを見つめた。

「このデッキは船の上部のふくらんだ部分で、長軸の長さにくらべると、その一部しかカヴァーしていない。大きさに目をくらまされるな。その唯一の目的は下のデッキに物資を供給することだ。論理的に筋の通った、比較的シンプルな構造といえる。われわれはこの供給ラインにそって、ふたつある大型格納庫の片方をめざす。つまりこういうことだ」

コンピュータによる表示が変化した。格納庫の位置が強調される。

その映像を見た瞬間、トスタンは低いうめき声をあげ、両手で頭を押さえた。

「また頭痛ですか、大きな友？」スヴォーン人が心配そうに声をかける。「わたしが手を貸せればいいのに！　とても残念です」

「すぐにおさまる」苦しそうな声だ。「どうして格納庫の見取り図を見るたびに、脳内で嵐が起きるんだ？　この区画のことが思い出せないままになっている。説明できるか？」

「はい。その領域では、変化したプシ定数が永続的な強度の周波数変調を起こしてるんでしょう。つまりそこにはとても重要な記憶が保存されているということ。つめこみの密度が高いほど、プシオン的に誤導された神経伝達物質の検索が複雑になりますから」

「そうだとしても、わたしにはあまり意味がないな。とにかく、以下が計画の概要だ。次のSWV期間になったら、ダール＝ドールとダール＝ネエクの案内でスタートする。船内の必要な区画の見取り図は保存した」

「わたしもです。テクノプリンターは完全に復旧しましたから」

「めざすのは非常信号LYRAをしめす〝L〟のポジションだ。わたしが失敗したとき適切な行動がとれるよう、きみにも情報が必要だ。なにをどうするかは、きみにまかせる。とにかく、うまくやってくれ」

「わかりました、艦長！　まったくもって光栄です」

トスタンはからだにあわないシートに腰をおろした。頭痛はおさまってきている。

「LYRAがしめすのはUSOの四つの作戦概念だ。正確にいうと、〝救難信号を受信し、意味と送信者を特定した。作戦範囲内に武装支援をとどけた。敵性存在の可能性により積極的行動は不可能なので、送信者の自発的行動に期待する。特殊な状況になればただちに介入する〟ということ。非常信号にはすべての要素がふくまれている。今回の場合、支援艦の艦長はプシオン性の超高周波乱流放射のせいで積極的に介入できないが、われわれが自力で脱出してくるまで外で待っている、という意味になる」

「まったくもって脱出できなかったらどうなります？」

「そのときは安全な距離をたもって観察をつづけ、艦隊の派遣を要請して、船首側で三発以内のトランスフォーム爆弾を爆発させ、通信か、ミュータントのテレポーテーションか、遠隔操作ゾンデを使って、われわれの即時解放を要求する」

「ははあ！」ポージーがさえずった。その目には懐疑的な光がある。

「なにが〝ははあ〟なんだ？　とくに意味はない？」

「いえ、たくさん意味があります。われわれ、旧暦の三四二九年に生きてるわけじゃありません。USOはもう存在しないんです、大きな友。その点を考慮しないと」

「したとも」テラナーが不機嫌にいう。「すくなくとも、外で待っているのは古い信号を知っている者だ。さらにはわたしのたしかな直感が、乱流ゾーンのなかに大きな〝L〟を描ける者なら、いまでは一般的でないそれ以外のことも、うまくやってのけるにちがいないと告げている。とにかく、脱出は試みる。わたしがまだ眠っている記憶のなかで心底恐れている、なにかが目ざめる前に。それがわれわれと同じようにショックを克服できているなら、いまごろ確実にわれわれをつかまえているはず。わたしのような男は、自由に歩きまわらせてはいけないんだ」

「あなたが信じられないということを、わたしはまったくもって信じています」ポージーはそういって伸びをした。ふたつの手で、テラナーの胸にあたる部分を力強くたたく。

「肋骨を折るんじゃないぞ。きみに肋骨があればだが」トスタンはそういってからかった。「われわれ……」

耳をつんざく無数の警報音に、かれは口を閉じた。番人たちはパニックをかくしもせず、あわてて壁面スクリーンに目を向けた。映像は警報と同時に、自動的に現場に切り替わっていた。

マモシトゥの居住ホールの前面がいきなり灼熱地獄に変わった。燃えるような赤い戦闘服に身をつつんだトカゲ型生命体が恐怖の法廷を開こうとしている。

首席利益計算者スルシュ＝トシュをふくむマモシトゥの計算評議会の面々が牽引ビームに捕らえられ、装甲兵五名からなる法廷にひきずり出された。

それ以外の装甲兵たちは、明らかに致死性のエネルギー武器をかまえて交易商を威嚇《いかく》していた。池のまわりに集まるようにとの指示にしたがわなかった数名のマモシトゥが仮借なく銃撃される。

トスタンの耳に、生命体に作用する武器が発射される轟音がとどいた。ブルーの光条が射線上の空気を押しのけ、そこに生じた真空に周囲の気体が音をたてて流れこむ。交易商たちはたちまち溶けてしまった。

部隊の指揮官らしい一装甲兵の声が朗々と響く。

「……任務をおろそかにしてプロジェクトを危険にさらす者は、プロジェクト調整者の判断で処分の対象となる。物資の配送はわれわれがひき継ぐ。執行！」

十名のトカゲ型生命体が発砲した。計算評議会の十名が消滅する。

喧噪《けんそう》がおさまった。トスタンは球形生命体の悲鳴も、ポージーの悲痛な叫び声も無視した。

呪縛されたかのように巨大スクリーンを見つめる。マモシトゥのドームに静寂がもどると、かれはおずおずと口を開いた。

「ここまできびしい罰は予想していなかったが、なにもしないわけにはいかなかった。キュウ公、あれはトラアヴといって、戦闘用につくられた、遺伝子操作されたトカゲの末裔だ。同族の科学者によって遺伝子改変された戦闘マシンで、無慈悲に命令を実行する。傭兵として貸し出されたり、高額で売買されたりして、ひたすら命令どおりに行動するんだ。死への恐怖はとりのぞかれている」

「どうして知ってるんです？」と、ポージー。「恐くてたまりません」

「理由があるのだ！　なぜ知っているのかは自分でもわからないが、かれらとはつきあいがあった。トラアヴは非常に敏捷《びんしょう》で、第一級の反射神経を持ち、技術力も高い。この船の真の支配者、トラアヴの指揮官が〝プロジェクト調整者〟と呼んだ者たちは、かれらを治安部隊として活用している。トラアヴが任務を遂行するやり方はいま見たとおりだ。数日前から気になっていたものの正体がやっとわかった。記憶のなかのなにかが、かれらのことを警告していたんだ。目ざめた直後から、治安維持の手段がなにかあるのはわかっていた。マモシトゥは一線をこえてしまったため、指導者層が処刑された」

「これからどうするんです、大きな友？　われわれもあれに……なんていいましたっけ？」

「トラアヴだ。あれに対抗するのかって？　ちび、そんなことをしたら船から出られなくなる。まさかわれわれみたいな自由を愛するギャラクティカーが、自発的にこの船に乗りこんだとは思ってないだろう？　グリゴロフ事故のせいで、この船の未知の支配者の目にとまったにちがいない。あくまで推測で、実際のところはわからないが！」

トスタンはしばらくトラアヴを見つめた。身長は人類と同じくらい、四肢があり、筋肉質の長い脚がいかにも敏捷そうだ。赤い装甲服の下の緑褐色の鱗《うろこ》のある肌は見えていない。頭部はトカゲそのものだった。まったくの非人類だが、ヒューマノイドに見える。

トスタンは立ちあがり、映像を切った。不安そうな顔で番人たちを見わたす。

「トラアヴのことはわかったかな？　恐れる必要はない。きみたちにはなにもしないから。きみたちは義務をはたしている。重要なのはそれだけだ。ダール＝ドール、計画変更だ。すぐにスタートしたい。案内してもらえるか？」

充分に食べてすっかり元気になった番人は両手をあげた。

「あなたはわれわれを助けてくれたから、われわれもあなたを助けます。ほかにいうべきことはありません」

トスタンはただうなずき、トラアヴ兵のことを考えた。かれらには買収も、心理的トリックも効果がない。そういう感覚を欠いているのだ。

7

ラトバー・トスタンは自身の優柔不断さを呪った。三回のＳＷＶ期間という猶予は魅力的だったが、あとから考えればひどい過ちだった。

トラアヴが精神的に回復する時間をたっぷりあたえてしまったから。かれらはトスタンやポージー・プースにくらべ、立ちなおるのに長い時間を要していた。この運命の贈り物をむだにしてしまったのだ。

「自分をひっぱたきたいよ、ちび。わたしのような者がそんなまちがいをおかすなんて、許されないことだ」

「頭痛で朦朧《もうろう》としてたわけですからね。ふだんどおりってわけにはいきませんよ！　わたしはあの赤い装甲兵のことなんか、考えもしませんでした」

トスタンは片手を振り、ＴＳＳのベルトポーチから予備の弾倉をとり出した。

「かれらと接触したのは、たぶんわたしだけなのだろう。グリゴロフ事故のあと、われわれがずっといっしょだったといえるか？　わたしはかれらをよく知っている。運がよければ、わたしのことはかれらの記憶に深く刻まれているだろう。本来ならもっと早くマモシトゥのところにあらわれて、供給を再開させていたはずなんだ。そのことからも、かれらの記憶の回復には時間がかかっているとわかる。TSSをチェックしたか？」

「まったくもって問題ありません」

「よし、キュウ公。もしトラアヴを見かけて、相手の超聴力に感知されたと思ったら、銃口が自分のほうを向くまで待つ必要はない。そうなったら、きみが指を動かすより早く撃ってくるからな。なにしろきみの四つの手には六本ずつ指があるんだ」

スヴォーン人は微笑した。

「威嚇されるまで待ちますよ。そうすれば二倍速くなりますから。聴力だって、わたしのほうがずっといいはず。あの赤い戦闘服には防御バリア・プロジェクターは装備されてるんでしょうか？」

「かならずってわけじゃない。さっき見たトラアヴは装備していなかった。あの多関節戦闘服は一種の制服で、かれらはあれ以外着用しない。バリア・プロジェクターを装備している場合、背中に瘤《こぶ》状のふくらみがある。ただ、防御をあまり遅らせるな。こちらがいっさい身動きしていなくても、かれらは撃ってくる。実際に経験したことだ。かれらは絶対的な権威で、従順であることを要求してくる」

「わたしの種族の一般人でもあの装甲兵よりすばやいでしょう。ましてやわたしは環境適応人で、訓練も受けています」

トスタンは影が動くのを感じ、次の瞬間にはミニチュア・ブラスターの銃口をのぞきこんでいた。

「なるほど、いいデモンストレーションだった」トスタンが平然という。「からだがちいさいと敏捷だな。あとは自分で決めてくれ。アルファ・システムはちゃんとおさまっているか？　与圧ポイントは避けるように」

ポージーは下の両腕を背後にまわし、トスタンの備蓄袋のなかで見つけた新しい背嚢《はいのう》を確認した。

テラナーも軽生命維持装置をはずしていた。アルファ・システムは高性能だが、重くてかさばる。

トスタンはケーブルと与圧の接続を入念に確認した。簡易な軽生命維持装置とちがい、重いアルファ・システムにはマイクロ融合反応炉が搭載されている。おかげでバッテリー容量の問題は解消していた。

防御フィールドには集中的に高エネルギーが供給され、排泄《はいせつ》物のリサイクル・システムはほぼロスのない、九十九・九パーセントの効率で動作している。

「大型背嚢だと動きが悪くなります」ポージーは不安そうだった。「じゃまにならないんですか？」

「わたしのように骨格がしなやかなら、どこでも通りぬけられる。準備しろ、キュウ公！　パラトロン・バリアが使えないか、もう一度確認しておこう。一時的に探知される危険が高まるのはしかたがない」

やってみたが、ハイパーエネルギーで動作するプロジェクターはやはり反応しなかった。

「ま、いい」と、トスタン。「HÜバリアでなんとかしよう。トラアヴのブルーの溶解ビームは防げるはず。だが、かれらにはほかにも武器があることを忘れるな！　高エネルギー集束ブラスターの高速点射が相手だと、苦労することになる。バリアの通気性を考慮しろ！　バリアとTSSのあいだが真空になっているほど、伝わってくるエネルギーはちいさくなる」

前方にダール＝ドールの姿が見えた。長方形の圧力ハッチの前に立っている。トスタンは番人に近づき、ハッチをくぐった。もう言葉はあまり必要ない。

ヘルメットが頭部をつつみこみ、エアロック内の空気が排出される。気圧がゼロになると、番人が内扉を開いた。

両ギャラクティカーの前に、真空のパイプ軌道内に設置された歩道が見えた。まるでテラの設備のように思える。

右のほうにはロボット制御の積載設備がある。直径三メートルほどのゴンドラ型車輛にはかなりの量が積みこめそうだ。船の長軸にそって物資を搬送するためのものだろう。見取り図によると、パイプ軌道には数百の特殊なハッチがあり、気密をたもったまま通過できるようになっている。おかげで車輛は気密保持用のパッキンを必要とせずにハッチを通過できた。

たしかにこうすれば……そこが危険な点でもあるのだが……なにかあったとき、真空パイプをいつでもハッチやエネルギー・フィールドで閉鎖できる。トスタンはトカゲの末裔の治安部隊もこの閉鎖手段を知っているのではないかと思った。これもかれらの任務の範囲にふくまれるはず。

番人が合図する。トスタンは無線を封止していた。探知される危険は大きくなりつづけている。三SWV前なら無視できたのだろうが。知性体はまだ再生の途中で、ロボットによる測定も妨害されていたから。いまはもうそうではない！　巨船は〝目ざめ〟、無数の機能が回復している。

パイプ車輛の最前部に人員用のハッチがあった。行ってみると、透明な装甲板の手前に、もうおなじみの幅広いシートがいくつかならんでいる。

ポージーがトスタンの肩によじ登った。幅広のベルトとバックルがちょうどいい手がかりになる。かれはヘルメットをテラナーのヘルメットに押しつけた。

「音響振動試験！」と、叫ぶ。「聞こえますか？」

「蚊の鳴くような声だな」と、トスタン。「これはだめだ。声が小さすぎる。ま、待て。ダール＝ドールがいいことを思いついた。きみのいう〝記憶拷問〟も悪くないだろう？」

球形生命体が両ギャラクティカーにちいさな吸盤を手わたした。送受信機が組みこまれていて、ケーブルで接続されているため、盗聴の心配はない。わずかな電流もパイプ軌道の巨大な磁場に紛《まぎ》れてしまうから。

「すばらしい」ポージーの耳にトスタンの声がとどいた。「じつにいい考えだ！　感謝する、ダール＝ドール！　で、これはなんだ？」

かれが受けとったのは箱形の装置だった。前に球形生命体があまり効果のない武器として使っていたのと同じ種類だろう。

「供給・修理コードのインパルス発信器です。大きなものの梱包やケーブルの接合など、熱を使う作業に適した溶接機能もあります」

「これはいい！」と、トスタン。「これでマモシトゥを攻撃したのか？　ちいさい友のために、これのミニチュア版はないだろうか？　かれではこの箱を持ち運べない」

ダール＝ドールは申しわけなさそうに、そういうものはないと答えた。「そろそろスタートします、炎の男。車輛はプログラミングされています。積載が完了したと報告がありました。ためらっていると、遮断機でとめられてしまいます」

トスタンは前方を指さした。ポージーがかれのTSSの肩にすわる。

「心配いりません、大きな友。インパルス発信器は一台で充分です。スタートしたらベルトポーチのなかにいます。そこからいつでも行動にうつれますから」

番人が制御ランプを点灯し、車輛が動きだした。すさまじい加速度だ。積載プラットフォームはたちまち見えなくなった。

トスタンの警告の叫びはまにあわなかった。一瞬頭をよぎった不安が的中したのだ。加速度中和装置が一秒遅れで自動的に作動する。それだけあれば球形生命体をシートからひきはがし、後方に弾《はじ》き飛ばすには充分だった。

ダール＝ドールがテラナーをかすめて吹っ飛んでいった。ほとんど影にしか見えない。TSSが自動的に、いつもすこし鈍感なプロジェクターの反応速度が許すかぎりすばやく、内部の衝撃吸収装置を作動させる。

トスタンは破壊的な力がからだにかかるのを感じた。肺から空気がたたき出される。顔の皮膚が数ヵ所で裂ける。

ポージーは肩の上からひきはがされ、シートの高い背もたれに押しつけられた。プロジェクターが作動したものの、当然、同じように遅すぎた。

ポージーは息ができなくなった。Gはますます強くなり、パイプ軌道の推力を生み出す磁場は速度を落とせという制御命令をいっさい受けつけない。

トスタンが最後に考えたのは、奇妙なことに、TSSシステムのポジトロニクスのことだった。たとえシントロニクス・コンピュータが動いていたとしても、今回は役にたたなかったろう。衝撃吸収装置のような機械的な部分のある装置では、どうしてもある程度の準備時間が必要になる。それは命令を出すのが光速でインパルスを送り出すポジトロニクスでも、その百万倍の速さのシントロニクスでも同じことだ。せいぜい一マイクロ秒のちがいがあるだけだろう。

一瞬意識を失っていたトスタンが目ざめると、前進しつづける車輛の音が聞こえた。思考はすぐに明瞭になる。

内部制御がグリーンなのを確認し、ほっとした。口の前にはエネルギー・マイクロフォンのらせんが浮かんでいる。

「キュウ公!」と、呼びかける。無線封止のことはもう頭になかった。「キュウ公、返事をしろ！　だいじょうぶか?」

ヘルメット・スピーカーから悲痛な声が響いた。スヴォーン人が空気をもとめてあえぎ、甲高い音で咳きこんで、また泣き声をあげた。

テラナーは苦労してからだの向きを変えた。すべての腱と関節がはりつめているように思える。肋骨と頸椎の痛みは耐えがたいほどだ。

ちびはシートの背もたれにめりこんでいた。キュウリに似たからだが弾力のあるクッションに押しこまれ、身動きできなくなっている。クッションの素材がそれ以上のびないのだ。

車輛の制御装置は巡航速度に達したことをしめしていた。

アルファ・システムの強力なエネルギー供給がなかったら、トスタンとポージーは死んでいただろう。小型の内部電池だけでは、三Gの圧力を十一秒間しか吸収できない。

トスタンは痛みをこらえ、背後に手をのばして肩紐をつかみ、スヴォーン人を奇妙な罠から救出した。ポージーは大声でうめいたが、こんどはなにをいっているのか理解できた。

「ダール＝ドールは……」

「……衝撃吸収装置を装備していなかった」テラナーがあとをひきとっていう。「なにもいうな、キュウ公！　息を吸え！　ＴＳＳのサイバー医療センターが、循環安定化療法でとっくに介入している。たぶん一時的に、われわれの代謝を十分の一におさえたんだろう。さもないと窒息していたはず。もう一名の番人はどこだ？　乗りこむところを見なかったのだが」

「うしろの積載制御センターです」ポージーは息をのんだ。「ああ、だめだ、どちらも死んだでしょう。われわれが殺したんです」

「殺したのは技術だ。物資輸送車輛は高速で運行していると、気づくのが遅かった。シントロニクス自動装置はまだ完全に目ざめていない。いや、ちび、振りかえるな！　もう助からない。きみの繊細な精神にはつらすぎるだろう」

かれはスヴォーン人を腕に抱き、身を乗り出した。車輛はプログラミングどおりに疾走している。トスタンの記憶脳が数値を算出し、網膜上に表示した。

それによると、車輛はすでに二十一キロメートル進んでいて、とくに問題なく多くのハッチを通過していた。とめようとする者はいない。

まもなく終点に到着するはず。そこには技術物資の大積載ホールがあり、反応炉とエンジンが設置された区画に直接つながっている。

「いまブレーキがかかったら！」スヴォーン人がパニックを起こして叫んだ。

トスタンはシートベルトを探していたが、そんなものは存在しなかった。設計者が想定していなかったのだろう。

だが、減速は加速ほどはげしいものではなかった。致命的な勢いで前方に投げ出されることはなく、TSSは二Gの圧力をなんなく吸収した。車輛が停止し、大きなチューブ状のエアロックに滑りこむ。

空気が流れこむ笛のような音が徐々に大きくなった。やがて音がやむと、はるか前方で分厚い装甲扉が開く。車輛はそこを通過し、ゴンドラが下の溝にはいったところでふたたびしずかに停止した。推進と牽引のための磁場が消える。

TSSが自動的に衝撃吸収装置のスイッチを切り、酸素供給量が平常に復した。

前方のゴンドラの与圧ハッチがスライドして開き、分析の結果、快適な温度の呼吸可能な空気があるとわかる。TSS内部の空気は圧縮されて備蓄システムにまわされた。ヘルメットが自動的に開く。

ポージーが手足を動かした。

「五倍にひきのばされたあと、まったくもって押しつぶされたんです。わたしは風に揺れる一枚の木《こ》の葉《は》でした」

「詩的な表現はやめろ」と、トスタン。「サイバー医療設備がなかったら、われわれ、生きていなかったろう。打撲や靭帯断裂も治療してくれる。降りるぞ、ちび！　ロボット・マシンが近づいてきている。荷おろしのためだろう。いまのうちに消えないとまずい」

ポージーはトスタンの手でベルトのポーチにもどされた。四本の腕が縁から外にぶら下がっている。

テラナーは特殊装備を点検した。あつかいにくい搬送袋は貿易所番人のセンターに置いていてきていた。

後方の鋼の壁に衝突したダール＝ドールを一瞥《いちべつ》し、車輛を出て、曲がりくねった斜路を滑り降りる。

特殊ロボットが浮遊したり車輪を使ったりして接近してくる音以外、なにも聞こえず、なにも見えなかった。問題は列車の到着が完全に自動制御されているのか、それとも正確を期して、手動による信号操作が必要なのかという点だ。トスタンは自分に都合よく、積載プラットフォームへの入構を合図に自動処理されるのだろうと考えた。

スヴォーン人はまだ行動にうつれそうにない。からだがちいさいだけに、苦痛も大きかったようだ。内臓の損傷も考えられるが、それはロボット医療システムが治療してくれるはず。かれ自身、時間とともに楽になってきている。医療システムはうまく動いているようだ。

大股で、見おぼえのある出口ハッチに近づく。記録した見取り図を網膜にうつし出し、その先に大きな通信センターがあることがわかった。そこに設置したのは、大型反応炉の近くで、エネルギーの搬送距離が短くてすむからだ。

造船技術上きわめて理にかなっているが、トスタンにはまだ、なぜそう確信できるのかわからない。

やがて大型ハッチの前に出た。二枚扉で、明らかに巨大な物体の通過を想定している。

これまでに見た扉にはすべて、記号を記した開閉ボタンが存在した。この扉にはそれがない！　人員用のハッチも見あたらなかった。通常、この先に人員が立ちいることはないのだろう。

トスタンはコンビネーションのベルトに目を向けた。

「おい、いつまでぐったりしているつもりだ？」と、スヴォーン人を叱咤《しった》する。「能力があって行動できるポジトロニクス技術者が必要なんだが」

「無慈悲で残忍な人殺し！」ポージーが息をあえがせていった。

「もうそこまでひどい状態じゃないはずだ。あるいは医療ロボットがちゃんと機能していないか。それとも、スヴォーン人の構造上の問題なのか？」

「あなたとの友情をまったくもって解消するか、それとも……ま、よく考えてみます」

「きみの四本の触手が腹にこすれるんだ。ひっこめてくれ！」

「触手？」ポージーが憤然と反応する。「これは伸縮性の強靭な腱がある多関節腕で……」

「そこまでだ！」トスタンはにやにやしていた。「どうすればこの扉が開くのか教えてくれ。一時間もすればトラアヴがあらわれるだろう。ただ、これが人員用の扉じゃないことは注意を要する。どうすればいい？」

ポージーはポーチのなかで背筋をのばし、腕をひろげて唇を舐《な》めた。

「こいつは驚いた！」テラナーが叫んだ。「舌まであるのか！　どうやってなかにはいる？　扉の向こうにはこの船の通信センターがあり、その奥にはわたしが憧れてやまない搭載艇の大格納庫がある。そろそろ行動を起こしてくれないか、銀河系のスーパー蚤《のみ》?」

ポージーはそれがトスタンの心理戦だと見ぬいたが、それでも深く傷ついた。

「この件については、あとで話しましょう」と、四つの手を握りしめる。「まったくもって言語道断で、言葉もありません。もちろん、悪口雑言《あっこうぞうごん》はお得意なんでしょう。われわれの哀れな友がくれたインパルス発信器を、どうしてためしてみないんです?」

トスタンがすさまじい悪態をついたので、ポージーは耳をふさいだ。侮辱の言葉はさらにつづいた。

「その頭に脳のかわりにつまっている腐ったエネルギー渦が、もっと早く教えてくれればよかったのに! 行動できるか? それとも、そのままポーチのなかに籠もっていたいのか?」

「ええ、そう願いたいですね。あと数分は。とにかく、やってみてください!」

トスタンは反射装置のシャフトをのぞきこんだ。データモニターとしてつくられているようだ。インパルス発信器は全自動でフィールドラインを検知する。実際、ボタンを押す以外のことはなにもできない。トスタンの知らない装置だった。

モニター画面にはグリーンの線で複雑なパターンが描かれている。発信器が扉の周波数を感知すると、自動的に番人のインパルスが発信されるようだ。

巨大な扉が動きだす。聞こえるのはごくちいさな擦過音だけだ。

両ギャラクティカーはホールをのぞきこんだ。中央にポージーが見たこともないほど巨大なハイパー送信機が設置されている。さまざまな形状のロボットが五十体ほど見えたが、スライドして開きはじめた扉には目もくれない。

「暴れださないといいんだが」と、トスタン。「キュウ公、あそこを通過しなくちゃならない。ほかの道を知らないから。おまけに……ふむ……！」

「いや、やめてください！」ポージーが嘆願する。「送信機を使おうなんて考えるのは！」

トスタンは開きかけた扉の隙間を通りぬけ、閉扉インパルスを発信した。扉の動きがとまり、閉じはじめる。

「それはまずいですよ」スヴォーン人が淡々と指摘した。「物資の搬送には、扉はまったくもって完全に開く必要があります。途中で閉じたりしません。でも、あなたは開きかけの扉を閉じてしまった。司令センターがそれに気づいたとしたら、わたしはかくれ場を探しますね」

「きみのいうとおりだ」トスタンはおちついている。「たしかに過ちだった。まだ本能が復調していないようだ。こんなミスはふだんならありえない。あれを使うのはあきらめよう。何時間もかかってしまう。つかまっていろ、ちび！　からだの痛みはもうなくなった。ざっとデータ記憶バンクを見てみよう。われわれがなぜここにいて、なにをすることになっていて、プロジェクト調整者がなにを意図しているのかが知りたい。かれらがギャラクティカーでないのは明らかだろう。だったら、何者なのか？　どこからきたのか？　きみにはデータ記憶バンクをのぞき見るか、すでに呼び出された結果をテクノプリンターに記録してもらいたい。行くぞ！」

8

〝送信機には手を触れない〟というラトバー・トスタンの決意は、その巨体をよく見たことでぐらついた。

奇妙な構築物は二百メートルほど上のドームにまでとどいている。そこから無数のケーブルが天井へと消えていた。船体上部の強力なアンテナ群につながっているのはまちがいない。

高い塔のようなハイパー変換器が送信機をぐるりととりまいて、ホールの鋼の壁から放射されるエネルギーを集めている。壁の向こうは反応炉だ。

テラナーはそのすべてをひと目で見ぬいたが、強力な防御機構の存在には気がつかなかった。

ハイパー送信機を作動させて指向性アンテナの向きを変えようと、大型プログラミング・コンソールに近づいた瞬間、エネルギー電撃に弾き飛ばされたのだ。HÜバリアがなかったら即死していただろう。干からびた男は金属の台座に腰をおろし、痛めつけられた手足をさすりながらポージーのようすを眺めた。ちびはイタチのように俊敏に、相互接続されたデータ記憶バンクにつながった、長さ五十メートル近いバッテリーのまわりを走りまわっていた。

「シントロニクス用の設計です」と、テレカムで報告。

「だったら全データが失われているはずだ。シントロニクスは全滅したはずだから」

「でも、これは無事です、大きな友。どういうことでしょう？」

トスタンは腰をあげ、作業中のロボットをいくつか見てまわった。どれも無害で、自分の仕事に専念している。

「このおかしな船はどうなっているんだ！　ハイパー技術を使った反重力リフトは動いているのに、同じ技術を使ったほかの装置は全滅だ。それなのにここではシントロニクスの大型記憶バンクが動作している。待てよ……ポジトロニクスで動作する、つまりショックを受けにくい特殊ロボットに高度な記憶能力を持たせて、あらたにプログラミングしなおしたのか？　単純に、シントロニクスの高速処理が必要だったから？」

「それはわたしも考えました。ここには記憶内容をコピイするだけの特殊なマシンがたくさんあります」

トスタンはその場に立ちつくした。追い立てられたようにドーム内を見まわす。

「そのことの意味がわかるか？　この船の建造者には、われわれ全員が非常にはげしいストレンジネス・ショックを受けることがわかっていたんだ。シントロニクスの記憶しているデータがすべて消えることも想定していた。だから同じプログラミングを、通常のポジトロニクスで動作する大量のロボット・マシンに記憶させておき、その情報をコピイしている！　マンモンにかけて、そうとしか考えられない！　すくなくとも五十台の大型マシンが接続されているということ。ケーブルだから接続も確実だ。キュウ公、ずらかるぞ。ここにいるのはまずい！」

「十分待ってください。ここにはデータだけじゃなくて、あらたに作成された文書もあるんです。ほら、モニターを見て！　ハイパー変換器が文書を読みこんで、マシン用の記号に変換してます」

「十分は長すぎる」急に神経質になったテラナーの言葉を裏づけるかのように、騒音が大きくなった。放射されるエネルギーが増大している。チューブ・フィールドを流れるエネルギーはとてつもない量になっていた。

「キュウ公、もういい！　送信機の出力は推定で五億テラワットだ。これならほとんど宇宙の果てにまで送信できる！　もちろん、超集束ビームにすればだが。そんなとてつもない能力はとても手に負えない。変換器はもう動きだしている。向こうでは八十基から百基ほどの高エネルギー反応炉がシュヴァルツシルトの原理にしたがって動作しているはず。だれかが全力で通信を送ろうとしているんだ。われわれには想像もつかないような、重要な通信にちがいない。長かった記憶の欠落のせいで、予定が遅れているせいもあるのかもしれない」

「だからこそ、文書になにが書いてあるのか、まったくもって知りたいんです。映像モニター制御装置を見てください。文字はわかりますけど、意味が不明です。知らない言語なので。読んでください！」

トスタンはちびに駆けよった。一大型スクリーンに文書の内容が表示されている。送信者はこれを高圧縮して、比較的干渉を受けにくいインパルスとして送り出そうとしているようだ。

ヘルメットを閉じ、弱音装置のスイッチをいれる。ポージーもかれにならった。ハイパー変換器の騒音はすさまじかった。

「見ましたか、大きな友？　ポジトロニクスで取得して、念のため映像でも記録しました。ぜんぶで百語ほどで、トランスレーターにかけるにはすくなすぎます。せめて千語はないと」

「やめろ！」トスタンは思わず叫んだ。「きみは安全地帯にいてよくやっているが、エネルギー電撃にやられたら黒焦《こ》げだ。すぐにこっちにこい！」

「いいから、早く読んでください」と、スヴォーン人。自分の専門領域のことなので、大胆になっているようだ。

トスタンはスクリーン上の最初の文を読んだ。すべて大文字で書かれている。

〝ヴォ・ジング・バオ・アト・タルカン……〟

「まったくわからないな。ちび、もういいだろう！」

「すぐ行きます」と、ポージー。「ぜんぶ記録しました。専門家ならなにかわかるでしょう」

「百語くらいじゃ無理だろう。早くポーチにはいるんだ！　急いで脱出する！　五分もすれば空気分子がすべて帯電して、われわれ、蛍光灯みたいに光りだすぞ」

トスタンは飛翔装置の使用をひかえた。シントロニクスの記憶バンクに接続されて動かないロボットの横を走って通りすぎ、ケーブルの束を跳びこえ、幅広い階段を駆けあがり、息をあえがせながら、ホールの床から五十メートルほどの高さにある圧力ハッチにたどりつく。そこからドーム形ホールをかこむように回廊がのびていた。

ほかに手もないので、トスタンはもう一度、番人のインパルス発信器を使ってみた。ハッチが開き、その先はひろいエアロックだった。

「どういうことだ」と、テラナー。「どうしてここにはエアロックがあって、反対側にはなかったんだ？　減圧はどこで起きても不思議はないし、送信機は重要な設備のはずだ」

「生命体がいない場所なら、エアロックは不要なのでは？」と、スヴォーン人。

「多少とも合理的と思える説明なら、どんなものでも受け入れるさ。さいわい、キュウ公、外扉は開いている。その向こうには反重力リフトがあって、近くに自動らせん階段もある。機械式だから、それを利用しよう。その終点が搭載艇格納庫だ」

「ですが、大きな友、まったくもって混乱してるんですが。格納庫なら目の前にあるじゃないですか」

「そこは使いたくない」テラナーは階段を使うことに固執した。「船外への出口は船の上部内壁にあるほうがいい。こっちの格納庫は長軸に対してななめに射出するカタパルト方式だから、不適切だ」

「どうしてだめなんです？　船腹から磁場でスタートしたことなんて、何千回もありますよ」

「カタパルトはだめだ」テラナーは譲らない。「経験豊富な相手に指図するようなまねはよせ。だれかが推進フィールドのスイッチを切ったら、発進レールの上で立ち往生だ。フィールド切れはアルファ故障に分類されるから、ただちにブロックされてしまう。だから垂直発進機構を使いたい」

「それがほんとうの理由じゃないはず」ポージーが嘆くようにいった。「通常、搭載艇には後部スラスターがあるので、レール上でも加速できます。友よ、なにが狙いなんです？　おっと、自制して！　顔がひきつってます。痛いんでしょう。大きな友、記憶が蘇ってるんです!」

トスタンはロボットのような動きで回廊を歩き、自動階段の前で足をとめた。かれがタッチパッドに手を置くと、階段が動きだす。

スヴォーン人にとっては不気味な状況だった。かれは急いでポーチからぬけ出し、TSSの反重力装置で降下した。大柄なテラナーの顔が見えるよう、何段か上に登る。

トスタンの顔はまだひきつっていた。干からびた、見るからに緊張している頬の筋肉が痙攣《けいれん》するように動いている。

「あそこに……あの上になにかある」トスタンがあえぎながらいった。「ちび、われわれ、ここからきたんだ。すみずみまでわかる。どうしてカタストロフィの直前にスタートしていたんだ? マモシトゥのところに行こうとしていた。どうしてここにとどまらなかった? ここにはなにか危険があったのか? 想像もつかないが。わたしのような男は原則としてつねに、いつでも宇宙船にもどれる場所にいようとする。それなのにここからはなれた。なぜだ?」

「まったくもってわかりません、大きな友」スヴォーン人がなだめるようにささえずる。

「ヘルメットを開いて、ふつうに話しませんか?」

「だめだ! 立ち聞きされないようにしないと。HÜバリアを自動展開に設定しておけ! 武器の準備もだ。トラアヴがどこかにいるとしたらこの近くか、格納庫のなかだろう。いちばん危険な場所だ。いつでもスタートできる搭載艇に見張りをつけない者はいない。すくなくとも、わたしならそんなことはしない！　プロジェクト調整者とやらがわたしの技術科学的経験を利用したのはまちがいないから、わたしと同じように行動するはず」

自動階段が終わると、そこは長方形のホールだった。壁にそって半円形の待機室がならんでいる。

トスタンは相互結合銃の折りたたみ銃床をのばして肩に当てた。光学照準器の倍率は一・五倍で、残光増幅が可能だ。HÜバリアが展開し、テラナーは内部換気装置の音に耳をかたむけた。

「キュウ公、あのなかにトラアヴがいる。位置がわかるか？」

スヴォーン人はすぐには答えず、影のようにホールに飛翔した。その奥に格納庫に通じるエアロックがある。数あるうちのひとつだ。

「いました、大きな友」トスタンの耳にポージーの声がとどいた。「なんてことだ、またしてもこんな災難に。全員死んでます」

＊

格納庫を警備する治安部隊は三十名のトラアヴで構成されていた。

死因は飢えと渇きだ。ここには供給システムがとどいていなかったから。トスタンはなぜ自分が銀河交易商と物々交換する品物をつめこんで、ポージーとともにここから逃げ出したのか、理解できたと思った。

トラアヴは一カ月のあいだ麻痺したままで、近くの供給拠点にたどりつけなかったのだろう。パイプ車輛のプラットフォームがすぐそばにあったのに。

トスタンは一体から通信ヘルメットをはずし、細かい鱗におおわれた顔を見つめた。トカゲの末裔の長い顎は遺伝子技術で短縮され、長い上唇と軟骨状の鼻孔と尖った歯に名残をとどめているにすぎない。

「気の毒に」ポージーがトスタンの腕により添いながらいった。「ほんとうに邪悪な存在というわけじゃなかったはずです。義務をはたしてただけで。ここにはたくさんの無秩序や内輪もめがあるんでしょう。たくさんの種族がいるんですから！　どんな不作法なふるまいをするか、わかったもんじゃない！」

「ああ、キュウ公、そうだな。だが、トラアヴの罰はきびしすぎるし、早すぎる。抗弁もなにもできない。たとえ相手が悪いことをしたとしても、せめて弁明くらいは聞くべきだろう。かれらはそれさえ認めないんだ」

トスタンの最後のひとことはこれまでにないくらい小さかった。頭が割れそうに痛いのだ。

「ちょっと！　なにを考えているんです？　大きな友、あなたのサイバー医療システムを緊急事態モードで動かします。いいですね？」

「だめだ！」テラナーはうめくような大声をあげた。「麻酔で眠らされてしまう。扉を開けるぞ。気をつけろ！　すぐに掩体を探すんだ！　できれば大きな金属製のものがいい。背後に注意しろ！　壁に近いと爆風が跳ね返ってきて、掩体のかげから吹き飛ばされる危険がある。よく考えろ！　わかったか？」

ハッチがスライドして開く。その先は必然的に、格納庫へのアクセスを考えた、とりわけ大きなエアロックになっていた。

驚いたことに、エアロック内は真空状態だった。気圧が同じでなければ内扉は開かない。格納庫内も真空状態ということ。

「なんてことだ！」スヴォーン人は意外におちついている。「これがふつうなんですか？」

「いけないか？　緊急発進にはこのほうが便利だ。貴重な数分を節約できる。マンモンにかけて、ここでなにかあったにちがいない！　この状況を見てみろ！」

全長一キロメートルほどの大型格納庫は、高さ三百メートルの天井に達する四枚の扉で横に仕切られていた。壁の素材は透明で、それぞれにエアロックが設置されている。

ただ、エアロックはすべて開放されていた。片方の扉だけでなく両方が開いていて、なにもせずに通過できる。

「ありえない！」トスタンがマイクロフォンに向かってつぶやいた。「安全規則の話がしたいわけではないが、さすがにこれは自殺行為だ。外殻が破れたら爆発的な減圧が……いや……」

トスタンは口を閉じ、両手でヘルメットを押さえた。

「ばかなことをいった。空気がなければ減圧など起きない。装置が狂って、すべてのハッチを開いたんだ。まだ論理的な判断のできただれかが、格納庫全体の空気をぬいた。それもわれわれがここから逃げ出した理由のひとつだ」

「エネルギー放出、異物体を探知！」自動走査機のロボット音声がヘルメット内に響いた。

トスタンは前方に駆けだし、発進斜路のかげに飛びこんだ。斜路の上には尾翼のある搭載艇が駐機している。大気圏内飛行も想定しているタイプだ。

ポージーはさらに左のほうに掩体を確保した。ＴＳＳの自動方位指示器がヘルメットの内側にコンピュータ画像をうつし出す。直径八十センチメートル、長さ五メートルほどのシリンダー型物体が詳細に描画された。

〝メタグラヴ・エンジン搭載のフィールド推進装置〟という赤く輝く文字が自動的に表示された。

査機が見える。

トスタンは驚愕した。異物体がまっすぐ接近してくる。丸みを帯びた機首には探知走

機体は傷だらけだった。トスタンがそれを見てためらっていると、ヘルメット内スピーカーに大きな声が響いた。送信者はＴＳＳの通信周波数にぴったりあわせてきている。言葉はインターコスモだった。

「撃つな、死神、惑星レプソのマンモン・カジノが二度と見られなくなるぞ。ラトバー・トスタンに連絡している。こちらは惑星サバルのジェフリー・アベル・ワリンジャーだ。この声が聞こえているなら、わたしの宇宙間ゾンデがとうとうきみを見つけたということ。せめて可変事前プログラミングによるストレンジネス適合でプシオン障害ゾーンを突破して、〝丸太〟に到達できるといいのだが。〝丸太〟というのは、ＮＧＺ四四五年九月末に突然この異銀河に出現した怪物のことだ。その異銀河はエスタルトゥの力の集合体のなかにある。この言葉はおぼえているだろう。きょうはＮＧＺ四四六年六月二十九日だ。きみは九カ月前から〝丸太〟のなかにいる。心配するな、きみのクロノグラフはプシ定数の変化の影響で狂っている。五百十歳のエルトルス人、元太陽系艦隊艦長のタッファス・ロゾルがＬＹＲＡ信号を点灯した。かれが障害ゾーンの外の虚無空間で待っている。障害ゾーンの範囲はわずか二光分で、その船をつつみこんでいる。船の長軸に直交するコースで脱出しろ。超高周波数ハイパー放射ゾーンをぬけないと、こち

らは手が出せない。メタグラヴ・エンジンは故障するから、通常のエンジンを使え。こちらはワリンジャー。ペリー・ローダンからも挨拶を。きみは十五年半のあいだ行方不明だった。ラトバー・トスタンとポージー・プースに呼びかけている！

さらに基本データを伝えるが、きみたちにはあまり聞いている時間がないだろう。〝丸太〟は全長八十キロメートル、出自はたぶん……」

燃えさかる高エネルギー・ビームが〝宇宙間ゾンデ〟を火の玉に変えた。真空なので爆発音はしないが、床がはげしく揺れ、衝撃がはっきりと感じられた。膨張したガスが媒体となって、短時間だけ音が聞こえる。ガスが吹きすぎる一瞬だけテラナーの耳に轟音が伝わり、真空にもどるとすぐに消えた。経験の浅いギャラクティカーには予想できない効果だろう。

トスタンは経験が浅いわけではない。ワリンジャーの声と示唆《しさ》に富んだその内容で頭痛はたちまち解消し、ふたたび思考も視界も明瞭になった。

いきなりあらわれた二体のトラアヴは武器を振りまわしていた。ポージーはかれらのブラスターの銃口を正面から見つめた。

発砲はトスタンと同時だった。相互結合銃の撃発の音は聞こえず、ポージーはそれを肩ごしに感じただけだ。

トスタンは三発の点射で二度撃ったが、発射速度が速すぎて、まるで一度しか撃っていないかのようだった。

マイクロ点火制御装置を〝無機能〟にあわせたので核融合プロセスは開始されないが、化学炸薬は爆発する。

大昔に使われたフルメタルジャケット弾のようなものだ。二名のトラアヴは赤い防護服を着用していた。いまはそれが宇宙服の役割をはたしているらしい。

だが、そんなものはなんの防護にもならない。ポージーの針のように細い高エネルギー・ビームも標的をとらえた。

「左側の人員用ハッチから出てきました！」スヴォーン人が叫ぶ。

「ブラスターで溶接しろ」と、トスタン。

「無理です！　融点が十万度に達する高密度鋼ですよ。どうやっても……」

ポージーは口を閉じた。トスタンの相互結合銃が火を噴く。今回は核融合弾で、ハッチ部分に恒星のように熱いエネルギー球が生じた。一部が白熱した鋼の破片が音もなく格納庫内に飛び散り、駐機中の搭載艇にぶつかった。

真空中で距離もあるため、衝撃はほとんど感じない。破片はすぐに冷えてかたまった。

「スタートするぞ、ちび！　わたしのそばからはなれず、周囲のことは自分で注意しろ！　ずっときみを監視しているわけにはいかない」

「わかってます、大きな友。どこに行くんですか？　ここに駐機してる搭載艇の種類はわかりますか？　ああ、それに、だれが飛ばすんです？　操縦方法がわかるまでには長い時間がかかります。友よ、聞いてますか？　まったくもって不安なんですが」

ポージーが背後からそう声をかけたとき、トスタンはもうＴＳＳで手近な透明ハッチに向かっていた。

「異文明の操縦装置といっても、あつかいにそう苦労するとは思えない。知っているマシンなら眠っていても操縦できる。キュウ公、たとえばテラで建造された直径二百メートルの、スター級の球形宇宙船、別名ツナミ艦ならどうだ？」

スヴォーン人はときおり咳で中断される笑い声を耳にした。かれは銀河ギャンブラーが正気を失ったのではないかと思った。

トスタンは開いたままのエアロックを高速で飛翔して通過し、格納庫の奥へとどんどん進んでいく。

ポージーは懸命にかれの名前を呼び、なんとかついていこうとした。

やがてトスタンは飛翔をやめ、着地した。自制をとりもどしたように見える。

追いついたポージーはトスタンの顔の高さの駐機用台座に降り立った。かれらの前には大型格納庫のいちばん奥に位置する、四つめの区画に通じるエアロックがあった。

トスタンが片手をのばす。ポージーは思わず勢いよく振りかえった。

「この先は最後の区画だ！　あれが見えるか？　あの球形の物体はインケロニウム・テ

ルコニット鋼か？　われわれの艦、《ツナミ32》だ。それがどうしてこの船にあるのかとか、わたしにも説明できないことをたずねたりするな。わたしにとっては、自分の艦がここにあるとわかっただけで充分だ。予想はしていた！　ぼんやりしたその記憶に死ぬほど苦しめられたよ。これでどうして下層の格納庫に行かなかったのは、よくわかったろう？　《TS32》は上層のここに置かれていて、赤道環エンジンでスタートするには垂直機動が必要だからだ！　そのためには天井部のハッチが必要になる。ワリンジャーによると、われわれ、十五年半にわたって行方不明だったらしい。おかしな時間計測法はもうおしまいだ。キュウ公、乗艦するぞ」

「トラアヴが許可してくれるなら、それもいいですかね？」スヴォーン人が憂鬱そうにいう。「熱狂からさめたら、周囲を見たほうがいいですよ。あれをぜんぶ無力化するんですか？」

トスタンははっとした。赤い装甲服が突然、そこらじゅうから姿をあらわしていた。一見それとわからない人員用ハッチがたくさんあったのだ。とりわけ、《TS32》が空間のほぼすべてを占めている、格納庫の最後の区画にあらわれた数が多い。

「ばかなことをしたな！」テラナーは驚くほどおちついていた。「貿易所番人のところで三SWVをむだにすべきじゃなかった。しっかり防御をかためておけ、キュウ公」

「不安や恥辱や、そのほかありとあらゆる感情で、もうがちがちですよ」ちびは泣き言をいった。「いや、ほんとうに、降伏したほうがいいと思います。そうすれば、それほどひどい目には遭わないでしょう」

「またあの連中の手に落ちるくらいなら、死んだほうがましだ。どんなあつかいをされたか、もう思い出したからな。自発的にはなにもしなかったが、強制的にあらゆることをさせられた。どこで、いつ起きたことなのかはまだわからない。ただ、異人に劣化ヴァージョンのHÜバリアを売りつけた理由ははっきりしている。脱出のタイミングがきたときできるだけ楽に逃げられるよう、いろいろ予防処置を講じていたんだ。自分のことがわかったのさ、キュウ公！　つねに脱出を考え、そのために動いていたんだ。もちろん目だたないように、いかさま師のように」

「あなたにはまったくもって驚かされます。トラアヴを目の前にして。ああ、いや、かれらの戦闘装甲服に背嚢が見えます！」

トスタンはまだ遠くにいるトラアヴを、照準器の光学拡大機能を使って観察した。

「たしかに、防御バリア・プロジェクターを装備している。われわれはこのエアロックを通過しなくてはならない。その先のこちらに近い着陸脚まで五十メートル、そのさらに百メートル先に球形艦の下極ハッチがある」

「破滅の百五十メートルですよ。大きな友、お願いですから！　うまくいくわけがありません。われわれのHÜバリアは断続的な点射を吸収しきれないって、自分でいってたじゃないですか」

「とくにきみのはな」トスタンは考えこんだ。「その点だけでも、強行突破は論外だ。トラアヴは二百名ほどいるようで、ほとんどは四番めの区画の人員用ハッチから出てきた。だれかが充分な思考力をとりもどして、そこにギャラクティカムの戦闘艦があるのを思い出したんだろう。艦のバリアはとりわけ強力だ」

「決断してください！」と、スヴォーン人。

「だめだ！　経験が浅いとパニックになって、早めにあきらめてしまう。かれらはまだ有利な射撃位置を確保していない。使うのも致死性の武器ではなく、牽引ビームだろう。黄色いビームでわれわれを捕らえ、掩体のかげからひきずり出そうとするはず。われわれは貴重だから、あっさり溶かしてしまうわけにはいかないんだ。プロジェクト調整者がわれわれに興味をしめしているんだろう」

「まったくもってそうは思えません」スヴォーン人が哀れっぽくいう。

「きみには状況を比較考量してリスクをとる、ギャンブラーの本能が備わっていないからな。ただ、下極ハッチに接近しすぎたとトラアヴが判断したら、致死性の高エネルギー兵器で攻撃してくる。ま、なんとかなるだろう。TSSの飛翔装置は高速だから」

「だったら、銀河系のすべてにかけて、やってみてください！」

「その結果、いますでに損傷しているわたしの艦をさらに損傷させるのか？　外殻を見てみろ。かなり大きなクレーターがいくつかできている。熱線砲にやられたんだろう。ただ、内部の機能は修復してあることに賭けてみたい。外観はひどい状態だが、目的のある無秩序を感じる。自分の直感を信じるさ」

スヴォーン人は身をこわばらせてトラアヴを見やった。掩体を使い、防御バリアを展開して、急速に迫ってきている。

「もうまにあいませんよ」スヴォーン人があきらめたようにいう。「最初のトラアヴがもう着陸脚のうしろまできてます。あれを撃ったら、着陸脚の皿状先端まで破壊してしまいます」

「ほう、技術者の暗い直感というわけか」トスタンはにやりとした。「キュウ公、いつになったら、わたしが三手以上先を読んでいることを理解するんだ？　まずはエアロックのはずれにあるブンカーに駆けこむ。監視員やスタート要員のための場所で、頑丈だし、技術的なあらゆるカタストロフィにそなえた設備がある。壁は半メートルかそれ以上の厚さだ。なにより、円形ハッチを手動操作してエレクトロニクスの開閉機構を麻痺させることができる。思い出したんだ！　ブンカーをじっくり観察していたにちがいない」

「無意味ですよ」ポージーがちいさな腕を振りまわして反論した。「トラアヴは装甲板が白熱するまで熱線を浴びせればいいだけです。こちらはバリアがもたなくなる前に出ていくしかありません。永久にはもちませんから」

「問題はそれだけじゃないぞ、ちび。温度があがれば、わたしの弾薬は爆発する。どうしてそのことに気づかなかった？」

「わたしがそこまでリスクをとらないからです。おっと、失礼！　いまのはまったくもって不作法でした。あなたには愛情と不安を感じてます。自分自身に感じる以上に」

トスタンはそれ以上ためらわなかった。手はすでにハッチの手動開閉機構のクランクにかかっている。HÜバリアが反応し、両手の部分に圧迫耐性のある構造亀裂をつくり出した。間歇《かんけつ》的に放電が生じたが、テラナーは気にしない。

ふたりは円形ハッチを通りぬけた。のぞき窓の装甲は透明で、全方位を見わたすことができる。ポージーはインターカムとカメラのスイッチをいれた。武器は置かれていない。この種のブンカーは重要な離着船のさい、作業員が一時的に退避するだけの場所だから。

トスタンは自分の艦をじっくりと眺めた。丸みを帯びた側面が、まるで手招きしているかのようだ。

のびたテレスコープ脚のあいだには百体ほどのトラアヴが集まっている。ポージーはかれらのテレカムの周波数を探して、すぐに見つけ出した。金属を打ち鳴らすような硬い響きの、ほとんど抑揚のない声が命令を告げるのが聞こえた。

命令はかならず、仮借なく実行される。

トスタンはまたしても、頭に穴を開けられるような頭痛に襲われた。記憶脳が報告してくる。しばらくして頭痛がおさまると、かれは笑みを浮かべた。

「まったくもってがまんできません！」と、ポージー。「あなたが笑うと死ぬほど恐くなるんです。トラアヴを見ただけで心底震えあがっているのに」

「わたしはそうでもないな。ズボンを穿くときはだれだって同じだ」

「意味がわかりません、大きな友」

「テラの古い言いまわしだ。マンモンの神もご照覧あれ、腕のいいギャンブラーはあらかじめ、いろいろ準備してるのさ」

「なんの神なんです？」と、ポージー。

「わたしは惑星レプソのマンモン教団の宗主なんだ。信徒は百万人もいる。偶像崇拝がお似合いの阿呆どもさ。さ、もうじゃまするなよ」

9

ラトバー・トスタンはHÜバリアを切り、TSSのかたい頸の部分の外蓋を開いた。儀式めいたしぐさで、金属光沢のある長方形の物体をとり出す。その表面にはすでに使われていない紙幣の画像が刻まれていた。

「一万ソラーの太陽系帝国紙幣を彫ったものだ」と、唖然としているポージー・プースに説明する。「これがわたしの〝マンモンの護符〟で、カジノ所有者として、また教団の宗主として、つねに身につけていた。すっかり忘れていたが、ワリンジャーからの短いメッセージで思い出した。〝死神〟とか〝マンモン・カジノ〟とかいっていたからな。そうだったろう？」

「ええ、まったくもってそのとおりです。でも、それをどうするんです、大きな友？」

「この護符にはシガ星人のウルトラマイクロ技術者が当時の粋《すい》を集めてつくった、最高のポジトロニクスがおさまっている。待った、スヴォーン人とシガ星人のどちらがすぐれているかって議論は、いまは勘弁してくれ！」

「それはとても失礼で、ほとんど侮辱しているようなものですが」ちびが気色《けしき》ばむ。

「気にするな！　わたしのような男が自分の艦をはなれるとき、いずれもどってくることを考えて特別の準備をしておかないなんて、想像できるか？　護符のなかを見てみよう」

テレカムからはトラアヴの指揮官の命令する声が響いてくる。トラアヴがエアロックのブンカーを同心円状に包囲するように接近してきた。テラ艦の下にいる指揮官だけは掩体のかげから出てこない。

突然、いくつもの悲鳴が聞こえてきた。トスタンが振り向くと、格納庫のようすをうつす画面上に電光が閃いた。それはツナミ艦の下面で発生し、凝縮して白くゆらめくエネルギー前線となり、外に向かってひろがりはじめた。

艦の真下で待機していたトラアヴがエネルギーの洪水に押し流されていく。

ポージーも悲鳴をあげていた。トスタンはおちつきはらっている。

「下極の防御機構だ。許可なく近づく者に反応する。トラアヴも対象になるわけだ」

「死んだんですか？」と、ポージー。

「まさか！　装甲服に防御バリアまであるんだ。だが、意識は確実に失っているだろう。キュウ公、これで運命は決まったな。艦が反応したんだ。探知されたと思っていい」

トスタンは大きな護符のケースを開いた。プログラミング・ボタンと圧力スイッチとミニ・スクリーンがあらわれる。その前面には一枚の薄いプラスティック・フォリオが貼りつけられていた。

それをひっぱり出し、しわをのばす。

「自分に手紙を書いておいたようだ」かれは平静をよそおったが、ポージーはその手が震えていることに気づいた。「今回も、われながらうまくやっている」テラナーは自画自讃した。「この時点ですでに、いろいろな機能が停止するのを見こしていたのは明らかだ。それで……これからなにをすればいいんだ？」

ポージーはＨÜバリアを切り、友の肩の上に飛翔した。ちいさな画面が見えるようになる。

手紙は短いものだった。

トスタンからトスタンへ、非常時にそなえて。最大緊急報。秘密プログラミングに時間がかかりすぎた。ポージーとともに艦を出る。トラアヴは最後の水と食糧を消費した。ストレンジネス・カタストロフィだとすると、餓死するだろう。特殊機材とＴＳＳで、秘密のアジトからマモシトゥのところまでなんとかたどりつく。そこには友がいる。定数ショックがおさまったら艦にもどる。スタート準備はできている。損傷はひそかに修理される。マンモンの護符は絶対に手放すな。脱出前にエアロック内扉の開閉機構を破壊し、格納庫全体の空気をぬいて、ブンカーに退避する。以下はきわめて重要だ！　護符のポジトロニクスが作動したら、プログラミング作動ボタンを押すだけでいい。うまくいかなかったときは通信機かUSOモールス信号で〝ドク・ホリデイ〟を送信し、そのまま艦のコンピュータの処理を待て。あらゆる状況にそなえてプログラミングしてある。反応がない場合は赤道環エンジンをチェックしろ。修理シャフトの〝十四番方向制御推進機〟を手動で開けば、そこにくわしい手順が記してある。うまくいった場合は主センター脳の処理にまかせればいい。

以上だ。トラアヴがくる。もう消えないと。トスタンからトスタンへ。

テラナーが顔をあげると、ヘルメットの装甲ヴァイザーの向こうにポージーの顔が見えた。

ブンカーがかすかに揺れる。画面はまっ白になっていた。トラアヴが発砲してきたのだ。

「じつにすばらしい、大きな友」ポージーはよろこびをおさえきれないようだった。

「ちゃんと機能しますかね？」

「われわれ、艦内で名人級の手品をやったにちがいないな。たぶん十五年の時間をかけて、きわめて慎重に進めたにちがいない。われわれがスタートできないのを見たがっている者がいて、どこかの時点でひどい衝撃をぶつけてきたんだろう」

ブンカーの装甲壁が暗赤色に変色しはじめる。トラアヴは攻撃を三カ所に絞っていた。

「うまくいかなかったら、自分の身はちゃんと守る」トスタンの口調に、ポージーはぞっとするものを感じた。「どうして人々はわたしをほうっておいてくれないんだ？　わたしがかれらになにをした？……押すぞ！」

トスタンはインパルス発信器の赤く光っているボタンを押した。しばらくはなにも起きない。やがて格納庫の鋼の床が足の下で揺れはじめるのを感じた。

球形艦の側面から鋼のドームが迫り出す。そこからビームが射出され、瞬くまに凝縮し、濃いグリーンに輝く、高圧縮エネルギーの閉じたカーテンを形成した。床の揺れがはげしくなる。

「全反応炉が動作している！」トスタンがわれを忘れて叫んだ。「キュウ公、中央主ポジトロニクスがカタストロフィ回路で作動させたようだ」

外にいたトラアヴは危険を避け、急いで掩体のかげにもどった。《ＴＳ３２》はそのあいだに、完全にバリアにつつみこまれた。船体の下の床が揺れている。

「なにが起きてるんです？」ポージーがたずねる。「友よ……」

「自分がなにを作動させたのか、見当もつかない。どうしてエアロックの扉を破壊して、格納庫の空気をぬいたんだ？　なにか理由があるはずだが」

直後にその理由が判明した。重ブラスターをかかえた戦闘ロボットが格納庫の外壁にある無傷のエアロックからなだれこんできたのだ。

「トラアヴの援軍です！」ポージーが叫んだ。「脱出しないと丸焦げですよ。大きな友、聞いてください！」

トスタンは耳を貸さず、自分の艦を見つめた。右舷の熱線砲が火を噴いたのだ。恒星のようにまばゆい三本の熱線が格納庫の装甲壁の、床に近い部分に命中。装甲壁は白熱し、たちまち液化した。周囲は混乱におちいった。

隣接する反応炉やエンジン室は与圧されている。その空気の塊りがいっきに真空の格納庫に流れこんだ。数秒後には薄く空気が行きわたり、風音が聞こえはじめた。さらにしばらくすると台風のような突風が格納庫内を吹き荒れ、地獄のような轟音は無視できないほどになった。

外ではトラアヴとロボットが渦巻く風に吹き飛ばされ、あちこちで障害物にぶつかった。気圧が安定してハリケーンのような轟音がおさまる前に、ツナミ艦からなにかきらめく物体が射出された。三座搭載艇だ。HÜバリアが炎上し、自動操縦装置はトスタンの居場所をすでに認識しているらしい。テラナーは一瞬も躊躇しなかった。搭載艇がブンカーの前に荒っぽく着地し、右舷のバリアに構造通廊が開いたときには、もう外に飛び出していた。左手につかまれたポージーがじたばたとあがいている。

搭載艇のハッチがスライドして開いた。トスタンはなかに飛びこみ、勢いよく三人掛けのシートにおさまった。小型エアロックの内扉は開いたままだ。艇内に空気はなかった。

ただちにスタートし、エアロックを通過して艦に到達。無事だったトラアヴが銃撃を開始する前に、搭載艇は艦のHÜバリアの構造通廊をぬけ、安全な艦内にはいっていた。下部格納庫の磁気カタパルトに搭載艇が滑りこみ、艇体が固定された。どこかにある換気口から呼吸可能な空気が送りこまれた。内扉が開く。格納庫には艦内の空気が満ちていた。

銀河ギャンブラーはヘルメットを収納し、窮屈な姿勢でせまい艇内から這い出した。ポージーもつづいて外に飛び出す。

「すばらしい、まったくもってすばらしい!」かれは歓声をあげた。「わたしは……」

「早まってよろこぶのはおろか者だけだ」トスタンがちびの言葉をさえぎる。「まだ司令室についたわけでも、〝丸太〟から出られたわけでもない。例の〝プロジェクト調整者〟は、いまなにを考えていると思う?」

「乗艦を歓迎します、艦長!」スピーカーから声が流れた。「こちらは中央主ポジトロニクスです。これまで真空だった艦内区画に、プログラミングにしたがって空気を充塡しています。与圧は正常に完了、リサイクル・システムが作動しています。艦外の気体から水分を抽出、貯水タンクを満たします。食糧の貯蔵はありません。緊急事態が継続中です。磁気軌道で中央反重力リフトに向かってください。到着するまで装甲ハッチを開放します。以上！」

トスタンは大きく息を吸いこんだ。高速車輛が二台、格納庫のハッチをぬけて目の前に停止する。

トスタンはまず、輸送袋からとり出してここまで苦労して運んできた携帯バッグを投げこんだ。中身は貴重な乾燥凝集口糧だ。水があれば食べることができる。

「三カ月分ある」と、テラナー。「マモシトゥに感謝だな！　ポージー、ポーチにはいっていてくれ。たがいに見失うわけにはいかない。二百メートル級の宇宙船というのは想像以上に大きいんだ」

車輛は中央反重力リフトの前で停止した。リフトをあがれば司令室だ。

＊

トスタンは艦が無傷だとは思っていなかった。外殻の損傷や報告記録がそれを物語っている。

そして、判明したのは、艦が潰滅的な衝撃を受けて大破していることだった。

宇宙船のなかにある宇宙船ともいうべき、球形の船体の中心部に置かれた司令室こそ無事だったが、制御モニターには瓦礫に変じた多数の区画の惨状がうつし出されていた。

ざっと見たところ、《TS32》にまだ機能する部分がのこっているのが信じられないくらいだ。それでも反応炉は通常どおり動作しており、重要な補助装置類も状態は良好だった。

マシン制御室はまるでスクラップ置き場だ。すべての回路が破壊されている。だが、司令室の測定データは、見た目でわかる破壊状況が信じられなくなるようなものだった。テラナーは当初、見るからに損傷している自動装置がグリーン表示になっていて、迅速に反応することにとまどいをおぼえた。

内面的な観察眼の助けも借りて見ても明らかに破損している以上、この信じられない状況を説明できるものは論理しかない。感情的な驚きを抑制し、かれのような男が十五年の歳月をかけたら、艦が損傷しているように見せかけるため、どれだけのことを成し遂げるだろうかと考える。

トスタンの考えがようやくまとまったところにポージーがもどってきた。司令室についてすぐ、周囲の偵察に出ていたのだ。かれはいくつか奇妙なことに気づいていた。非常用シャフトのハッチからあらわれたかれは、TSSでトスタンのところまで飛翔してきた。

テラナーは艦長の成形シートにおさまった。現代のツナミ艦はその巨体にもかかわらず、高度に専門化された宙航士の乗員四十二名で飛ばすことができる。各部署とも最小限の人員しか必要としないから。

今回の指示書には、艦の航行にすくなくとも三名の人員が必要だと書かれていた。トスタンが考えこんでいると、もどってきたポージーが主制御卓の上に着地した。主制御卓からはあらゆる種類の命令を出すことができる。

ちびは興奮して手を振りまわした。

「信じられない、まったくもって信じられません！　手ひどく破壊されたように見えるなにもかもが、きわめて良好な状態なんです。見た目は偽装です。緻密な計画にもとづいて瓦礫をさらに粉砕し、結果的にすべての回路がつながるようにしてあったようです。大きな友、われわれ……」

スヴォーン人はいきなり黙りこみ、トスタンの視線を追った。かれは頭上に吊り下がった、鐘のようなかたちのサート・フードを見ていた。

「ええ、あなたはエモシオ航法士です」スヴォーン人はトスタンの無言の問いに答えた。「ですが、現状ではエモシオ反射同時転送は試みないでください。エモシオ航法士は指でスイッチを操作する宙航士よりもずっと操作が速いとはいえ……」

ポージーは言葉を切り、トスタンの落ちくぼんだ目を見つめた。輝きがなく、疲れているようだ。

「ずいぶん消耗しているようです。わたしにできることはありますか、大きな友？」

「ただいっしょにいてくれ、ちび」テラナーがつぶやいた。「それだけで大変なことだからな、知ってのとおり」

ポージーの目に涙があふれた。かれはギャンブラーに飛びつき、頬を撫でた。

「きっとやり遂げられます。だいじょうぶ、装置はすべて機能してます。直感でかくれ場も見つけました」

トスタンは無気力感を振りはらった。目に輝きがもどる。

「かくれ場？　なんのことだ？」

キュウリ形生命体は主制御卓に目をやった。艦のHÜバリアは出力を落として動作している。

「予備部品保管庫の隣りのキャビンです。自分用の作業室になってました。各種のマイクロツールのほか、十一体の高性能修理ロボットもそろってます。ロボットはもう完全に動作してますけど、まず回路を修理しなくちゃなりませんでした。自分で書いたものもありました。あなたは損傷したエンジンを修理してます。あなたが使った工具もいくつか見つけました。友よ、どうやらわれわれ、十五年にわたって異知性体に、ひたすらにせの手がかりをあたえつづけてたようです。ちいさくておろかなわたしみたいな者に、そんなまねはできません。すべてにあなたのシュプールが見られます」

「こちら中央ポジトロニクスです！」ロボット音声が響いた。「脱出プログラミング完了。大型反重力装置準備完了。プログラミングに応じた入力補正が可能です。優先度一位は艦長、二位はココ判読者ポージー・プースに設定しました。個体インパルスを登録し、実行部門において命令権者として認識されます。以上！」

トスタンは思い悩むのをやめた。この時点で過去のデータを解明してみても意味はない。

半円を描く大スクリーンには大型格納庫がうつっている。乱気流はとっくにおさまっていた。修理ロボットがハッチにできた弾痕のような傷痕をなおしている。

トスタンはふと違和感をおぼえた。本能の警告だということはわかっている。論理にしたがって違和感を無視すると、かならずまずいことになった。

かれの指が強い確信をもって、すばらしい速さで動く。ポージーは興奮の声をあげた。艦内の奥深くから轟音が響いた。無数の制御機器がメカ＝ポジトロニクス的眠りから目ざめたのだ。

耐圧シートの安全ベルトがかれらのからだを固定した。艦を震わせる震動は予想どおりだ。ポージーはトスタンの横の特殊シートにすわっている。スヴォーン人の専門家が製造し、主制御卓の艦長席の近くに設置されたものだ。ちびのためには三日月形の制御卓があり、そのちいさなスイッチ類は、トスタンにはほとんど見えないくらいだった。

「乗員二名だけで艦をスタートさせる」トスタンが例によって決然と宣言。「われわれのようなギャラクティカーが三人めを兼務できなかったら、いい笑いものだ。エンジン作動準備、スロットル段階を定格値に、要求出力にあわせてスラストを同期、全体同調スイッチをいれろ。安易な妥協はなしだ、ちび、さもないとシュヴァルツシルト反応炉が頭につっこんでくるぞ」

ポージーは四つの手で、人間の目では追えないほどすばやくスイッチを操作した。欠けている三人めの宙航士の作業もこなしている。

司令室の照明が暗い赤に変わった。跳ねまわる制御数値が見やすくなる。二次回路の自動装置類も正常に動作している。その証拠に、トスタンの頭に分厚い防音フードがかぶさってきた。口もとにマイクロフォンが浮かびあがる。

「よくやった、キュウ公」トスタンが賞讃した。「周辺放射送信プログラミングに入力！　燃焼終了後、最終段階の最大出力でスタートする。エルトルス人のタッファス・ロゾルに平文で、適応機動にはいったらコード信号をUHF周波数USO＝NLSで送信するよう伝えろ。文面はエルトルス人の典型的な挨拶だ。仲間以外はだれも知らないからな。追伸で、コードがまちがっていたら攻撃する、といれておけ。それではっきりわかるだろう。できたか？」

「プログラミングしました。送信機が相手の受信を確認」トスタンはほかにもいくつか特殊回路をつくった。ＩＤ確認インパルスを受信したらただちに格納庫の大ハッチを開き、ＨÜバリアを解除する自動回路などだ。やがて中央ポジトロニクスから報告がはいる。エンジンとスラスターの同期が全体同調で確立した。

雷鳴のような音が安定する。作動時に聞こえていた断続的な音もやんだ。重力加速度中和装置も正常動作を報告してくる。トラアヴが気づいていなかった、予備のポジトロニクスによる制御だ。かれらは多くのことを見落としていた。

《ＴＳ３２》の下で厚さ一メートルの着陸プラットフォームが白熱しはじめる。トスタンは最後に、テレカムをトラアヴの既知の周波数に切りかえた。

「こちらギャンブラー・トスタン！　わたしの艦のスタート準備が完了した。大型外部ハッチの開放をもとめる」

音楽的な声が聞こえてきたときも、かれはとくに驚かなかった。映像は表示されない。画面上にはぼやけた線が見えるだけだ。

「格納庫から出てはならない」声がいった。「きみの艦は航行に耐えられない。重大な損傷があることはわかっている。機能していると見せかけるために作動させた一部の装置類をとめるように。きみは歓迎される」

「何者だ？　そっちからはわたしが見えるのだろうが、自分の姿はかくしたままだ」

「わたしはプロジェクト調整者の一員だ。あきらめろ、トスタン！　きみの有害な行為は後遺障害の症状として許容する」

「きみがだれの代表だろうと、わたしはきみの、またきみたちの敵ではない！」テラナーが決然という。「だが、きみたちがわたしを、意志に反して、われわれの暦法で十五年以上も拘束していたことはわかっている。わたしは出ていく。それがわたしの望みであり、かならず実行する。決意のかたさは知っているはず」

「行かせるわけにはいかない。きみはわれわれの使命を危険にさらすだろう。偽装した装置をとめるのだ。トラアヴにはきみを丁重にあつかうよう命令してある。調整センターで待っている」

「わたしのちいさな友はどうなる？」

　未知の相手はためらったようだった。

「だれのことだ？」と、ようやくたずねる。

　トスタンはにやりとしてスヴォーン人に向きなおり、声をかけた。

「キュウ公、向こうはきみの存在に気づいていないようだ。だから最初からきみをかくしていたんだ。安心して作業と修理をつづけろ、ポージー・プース、スヴォーン人の環境適応戦士……きみはギャラクティカムを救った英雄だ！」

トスタンはエンジン出力をスロットル段階の定格値の五パーセント上に設定した。轟音が大きくなる。白熱したエネルギー流が赤道環下部のフィールド・ノズルから噴出する。

パニックを起こしたような叫び声が聞こえたが、かれは未知の相手にそれ以上ひとこともしゃべらせなかった。

「残念だったな！　この艦は航行可能になった。格納庫の大ハッチを開かないなら、破壊するしかない。艦は反重力によって重量はなくなるが、四百二十万トンの鋼の質量がなくなるわけではない。きみは反撥フィールドで艦を射出するしかないんだ。そうしなかった場合、艦の質量に応じた推力をかけなくてはならない。そうなれば格納庫の床は溶け、その下にある重要な反応炉やエンジンが損傷するだろう。きみたちを傷つけたくない。おだやかに出ていかせてもらいたい」

「だめだ！」声と同時に《TS32》の中央ポジトロニクスが全体警報を発した。

「ハイパートロン吸引器がHÜバリアを把握！　エネルギーが吸収されています。緊急……緊急……緊急！」

トスタンはためらわなかった。球体上部のインパルス砲が幅三百メートル近い格納庫ハッチに向けて熱線を発射。ハッチは瞬時に破壊された。白熱した破片が降りそそぐまもなく、空気が渦を巻いて真空中に吸い出される。

《TS32》は轟音をあげてスタートし、速度をあげ、破壊されたハッチから船外に脱出した。大きな破片がHÜバリアに触れて蒸発する。

全体が見わたせないほど巨大な宇宙船の上に出ると、トスタンは推力を全開にした。《ツナミ32》はいっきに秒速六百万キロメートルの速度に達し、炎を噴いて宇宙の彼方へと消えていった。

トスタンは燃えさかる地獄をあとにのこしてきたことを自覚していた。巨船の後方三分の一が爆発した。

そこで意識を失う。乱流ゾーンの超高周波ハイパー放射が、それでなくても衰弱していたかれの脳をふたたび麻痺させたのだ。

＊

ガヴロン人の宇宙船の受信機が反応した。タッファス・ロゾルは外部光学映像を見つめていらいらしていた。〝丸太〟までの距離はわずか二光分だ。ストレンジネス効果が徐々に薄れ、いまではこの距離まで近づけるようになっていた。

高性能な光学観測機器のおかげで、拡大倍率は第一級だ。エルトルス人は〝丸太〟を中型スーツケースくらいの大きさで見ることができた。後部三分の一からあがる火柱は漆黒の宇宙を背景に、原始的な光学映像でもはっきりと確認できた。

「くるぞ！　かれだ！」エルトルス人が興奮して叫ぶ。「ロルカ、どこにかくれてる？　例のトスタンだ。ちいさな火の玉がこっちに向かってる。あのでかぶつの真上に位置とりして正解だった。こうなると思ったんだ」

アラスの女医、ロルカ・ヴィセネンが呼びかけに応え、急ぎ足で駆けつけた。エルトルスの巨人は原始人のような見た目で……行動もそれに見合っていた。

「すぐに適応機動を計算しろ！」ロゾルはガヴロン人に向かって叫んだ。「トスタンは妨害ゾーンを最大推力で突っ切って、通過時間を最小限にするつもりだろう。ここにくるころには四分の一光速ほどになっているはず。そのままエンジンを切らなかったら、二度と出会うことはできない。最大推力なら、ここまで八分以上かかることはないだろう。加速して、速度をあわせろ！　自動調整で併走するんだ。急げ、シオム・ソム銀河の戦略家、やってみせろ！　千倍も速くやるやつだって見てきたんだ。あの痩せっぽちの垂れ耳はどこだ？　ロルカ……」

「ここよ！」首席女医は精いっぱいの大声で答えた。

「くそ、どうしてまだ大型搭載艇に乗ってない？　あんたの手助けが必要なんだ」

ロルカは急いで姿を消した。およそ八分後、《TS32》はハイパーエネルギー性妨害ゾーンをぬけ、通常探知が可能になった。エルトルス人は棍棒をわきに置いた。それほど興奮していたのだ。

「どうだ？　あの詐欺師はわたしが思ったとおりぬけ目ないか、それとも……ああ、エンジンを切ったな。すばらしい！　自動操縦装置をプログラミングしておいたんだろう。ああ、なんだ？」

　ガヴロン人が報告してきた。

「通信センターです。あなたが指定した周波数で通信がはいりました。まちがいありません」

「当然、そうだろう！」と、エルトルスの巨人。「で、なんといってきた？　読みあげろ、すぐにだ！」

「〝《ツナミ32》よりタッファス・ロゾル、緊急！　自動操縦装置をプログラミングした。口頭で……くりかえす、口頭で……コード信号を送れ。典型的なエルトルス人の挨拶を。その後は危険なく接近できる。コードがまちがっていたら攻撃する。《TS32》艦長、ラトバー・トスタン〟」

　エルトルス人は久方ぶりに言葉を失った。

「とんでもない野郎だ！」うめくようにいい、にやりとする。「わたしがここにいるのを知ってるんだな。ワリンジャーのゾンデが到達したということ。エルトルスにかけて、じつに興味深い男だ！　通信センター、口頭の平文で〝食って太れ〟と送信しろ。まちがうなよ。まちがったら砲撃が飛んでくるから。送信しろ、ただちに！」

ロゾルはどすどすと主制御卓に近づき、ガヴロン製エンジンの音に耳をかたむけた。船がゆっくりと接近する。球形艦は自由落下で宇宙をつき進んでいた。HÜバリアも展開したままだ。

ロゾルの顔はしわだらけの羊皮紙のようだった。今回ばかりはどなり散らさず、ガヴロン人の乗員にまかせている。

かれらはみごとに任務をこなした。

エルトルス人が安堵の声をあげる。スクリーン上の球形艦のHÜバリアがいきなり消え、上部の曲面の一部がスライドして、大型搭載艇用のハッチが開いた。

「なにもかも考えてあるようだ。すばらしい！」エルトルス人がひとりごちる。「艦には大きな弾痕が見える。はげしく戦ったんだろう。わたしの五人の妻にかけて、ラトバー・トスタンという男はなんとも興味深い。乗船にそなえろ、友たち！　どんなやつなのか、じっくりと見てみよう」

あとがきにかえて

嶋田洋一

長らく外部編集者としてローダン・シリーズに関わり、一時期は翻訳者チームにも加わっていた、五十嵐洋くんが亡くなった。

癌を患って数年前から闘病生活を続けており、今年の年賀状には「来年までもちそうにない」旨が記されていて、心を痛めていた。ただ、コロナ禍のせいで見舞いに行くこともできず、もどかしく感じていた矢先だった。

わたしにとってはローダン・シリーズの翻訳を勧めてくれた恩人でもあり、それ以前からの飲み仲間・麻雀仲間でもあった。いっしょに遊ぶようになったのは四十年近く前のことだ。

当時は隔週土曜日に高田馬場でSF仲間の飲み会があって、わたしはのちに妻になる女性に誘われて参加するようになり、彼ともそこで出会った。

麻雀をする面子が限られていたこともあってすぐに仲良くなり、よくいっしょに卓を囲んだものだった。

「おまえなんか五十もない、せいぜい四十だ」というわけのわからない理由で「いがらし」をもじった「よがらし」というあだ名がついていて、友人たちはみんな「よがちゃん」と呼んでいた。

NHKで放映されていた『おーい！　はに丸』や『ピコピコポン』という、いささかシュールな子供番組を彼もわたしも好んで観ていて、趣味が合うというか、感性的に近いものがあったような気がする。

麻雀をしていて、一人が「冒険だなあ」と言いながら牌を切り、わたしが『ピコピコポン』の主題歌の「冒険したいな冒険」という一節を鼻歌で歌ったら、よがちゃんがすぐに気づいて指摘した、なんてこともあったっけ。

わたしが妻を亡くして魂が抜けたようになっていたとき、いろいろと気を使ってくれた友人たちの一人でもあった。

みんな逝ってしまうなあ。

畏友・五十嵐洋くんの冥福を心から祈ります。きみのおかげで、本当に楽しい時間を過ごすことができました。ゆっくりと休んでください。

訳者略歴　1956年生，1979年静岡大学人文学部卒，英米文学翻訳家　訳書『銀河ギャンブラー』グリーゼ&シェール，『暗黒空間突入』ヴルチェク&マール（以上早川書房刊），『巨星』ワッツ他多数

HM=Hayakawa Mystery
SF=Science Fiction
JA=Japanese Author
NV=Novel
NF=Nonfiction
FT=Fantasy

宇宙英雄ローダン・シリーズ〈665〉

ハイブリッド植物強奪《しょくぶつごうだつ》

〈SF2366〉

二〇二二年五月　二十日　印刷
二〇二二年五月二十五日　発行

（定価はカバーに表示してあります）

著者　エルンスト・ヴルチェク　K・H・シェール
訳者　嶋《しま》田《だ》洋《よう》一《いち》
発行者　早川　浩
発行所　株式会社　早川書房
郵便番号　一〇一 - 〇〇四六
東京都千代田区神田多町二ノ二
電話　〇三 - 三二五二 - 三一一一
振替　〇〇一六〇 - 三 - 四七七九九
https://www.hayakawa-online.co.jp

印刷・信毎書籍印刷株式会社　製本・株式会社川島製本所
Printed and bound in Japan
ISBN978-4-15-012366-6 C0197